楠溪江畔的思念

潘步升 著

应急管理出版社

·北 京·

图书在版编目（CIP）数据

楠溪江畔的思念／潘步升著 . －－北京：应急管理
出版社，2023

ISBN 978 － 7 － 5020 － 9946 － 6

Ⅰ . ①楠… Ⅱ . ①潘… Ⅲ . ①回忆录—中国—当代
Ⅳ . ①I251

中国国家版本馆 CIP 数据核字（2023）第 088703 号

楠溪江畔的思念

著　　者	潘步升
责任编辑	陈棣芳
封面设计	贾　颜

出版发行　应急管理出版社（北京市朝阳区芍药居 35 号　100029）
电　　话　010 － 84657898（总编室）　010 － 84657880（读者服务部）
网　　址　www. cciph. com. cn
印　　刷　北京宝莲鸿图科技有限公司
经　　销　全国新华书店

开　　本　710mm×1000mm$^1/_{16}$　印张　9$^1/_2$　字数　202 千字
版　　次　2023 年 12 月第 1 版　2023 年 12 月第 1 次印刷
社内编号　20230300　　　　　　定价　85.00 元

序言
xu yan

　　我的妻子戴凤兰,她善良,宽厚,勤劳,有口皆碑。亲戚朋友,村人邻居,有了什么难处,她总会全力帮助。在经济困难时期,自家家庭收入微薄,青黄不接时有人来借米借面,也总是借出去。家里来了亲戚朋友,必定千方百计做上几个菜,无论如何不能怠慢了客人。她事事关心别人,唯独不顾自己,好像自己是铁打的一样。她操持着整个家庭,一年四季总有干不完的活,天天想着干活,从不说累。

　　凤兰性格坚强,无论日子多么清苦,生活多么艰难。她对孩子们特别上心,时常因条件所限不能照顾好孩子们的吃穿而揪心难过。1988年,女儿丽丽和丽川二人都在永嘉中学读书,在她们到县城上学前几天,凤兰就张罗着给二人买衣服、脸盆、暖瓶、毛巾、水杯,唯恐忘记了什么。头天晚上,专门做了一桌饭菜,丽丽看到妈妈脸颊上有几滴晶莹的泪珠,悄悄地问道:"妈妈,你怎么哭了?"她赶紧用衣襟擦掉泪水,笑了笑,轻声叹息:"外出上学也没有几件像样的衣裳,可别让人笑话。"丽丽轻声告诉她:"妈妈放心吧,和人家不比吃,不比穿,就比学习。"

　　凤兰从来不图儿女的回报,只是期望儿女们成才。她常对子女说:"妈妈不图你们当什么官,不图你们的钱财,只盼着你们在外实实在在地做事,大人孩子平平安安。"

　　岁月无情,人间沧桑。不知不觉凤兰老了,行动迟缓了,满头的黑发也悄悄变白了。

1

我知道，凤兰的缕缕白发，是无情的岁月风霜染白的，是无尽的操劳染白的。

2013年4月18日上午，天气晴朗，春意融融，我与妻子戴凤兰、大女儿丽芬来到上塘鹅浦公园，正是"鸟语花香迎旭日，湖光山色拂春风"之时。凤兰面对丽芬突然说："我已六十九岁了，六十花甲已行遍，去了没有关系，只是你爸爸我放心不下，你们兄弟姐妹一定要好好对他啊！"

这是凤兰因自己的身体状况而发的肺腑之言。听到妻子的话，我眼睛湿润了，回想起做夫妻已经四十八年了，她过去对自己不顾，而对我无微不至，我在幸福中不知不觉地已过去了近半个世纪。

只过去了一个多月，在5月21日，她因中风脑出血，住进温州第一人民医院脑科重症病房，到6月13日，她住院23天后去了。

妻子住院的23天，每天都有子女探望她。我在医院陪伴她，这当然是我应该做的，必须这样做。但是我感到还不够，我想为妻子做点什么。

妻子为了让我有暇自学，用单薄的肩膀、孱弱的身躯独自扛起全家的生活重担，含辛茹苦，积劳成疾，先我而去。

我是一名教师，教数学课，底子又薄，写书确实是外行，有很大的困难。但是，无论如何，我一定要把这本书写出来。

苦难可以幻化成阳光，泪水可以凝聚成珍珠。人的生命历程在人类历史的长河中都仅仅是小小的段落。感情是激扬人生的灵丹妙药，真情是滋养文学梦想的甘甜乳汁。文字是感情和人生岁月的另一种排列形式。

坎坷的人生，铸就了我刚毅顽强、不达目标决不放弃的性格。我深知"只要功夫深，铁杵磨成针"的道理，我白天写，夜里写，好几年过去了，这本书终于写出来了，不论写得如何，我心安了。

文章千古事,得失寸心知。写文章是件苦差事,像我这近八十岁的人,能坚持写出这本书,力量源于那颗心。

　　将此作为微薄的礼物,敬献给已经去了的妻子,敬献给故乡,敬献给生活在家乡及海内外的所有永嘉乡亲。

　　　　　　　　　　　　　　潘步升

　　　　　　　　　　　　　　2021 年 9 月 18 日于楠溪

目录

第一章　亲情刻骨铭心

　　人类最美的声音，来自父母；世间最美的画面，源于家乡。打断骨头连着筋，是亲情的力量。神圣且透明的亲情，是富含肥沃生命力的土壤和人生永恒的情感。亲情的牵挂，轻柔温婉揪心暖肺。亲人的问候，正是肝肠寸断的千古绝唱。

出世

　　李翠妹挎着沉甸甸的洗衣篮走到溪边时，不禁吃了一惊。昨天夜里虽然下了大半宿雨，却是窸窸窣窣的细雨，听不出有多少劲道。后菜园中两棵桑树上的叶子虽然肥大了一些，却找不见几滴水迹，岩坦街的积水也刚够浅浅地舔湿她的鞋底。没想到那雨轻言细语竟把一条小溪给灌得如此饱胀，四级下水的石阶，现在只隐隐约约地剩了半级。连这半级也还得看风的脸色，若风是从东南方向来的，又略带几分气力，那石阶就完完全全淹在水里了。

　　溪名岩坦溪，乡村与溪同名，是为岩坦镇岩坦村。岩坦溪不长，是楠溪江上游的一截。岩坦溪的水不宽，即便在开阔之处，这岸的人拢住嘴扯着嗓子吼一声，对岸也就听见口信了。岩坦溪的水不深，在岩坦小学前方的溪中浅滩处建有一条碇步，在不发大水的时候，人都可走过碇步去大舟垟，垟中大部分地是岩坦人耕种。在风和日丽的天气里，溪水清澈如明镜，水底的鹅卵石、细沙、水草、游鱼等都能看得真切，一目了然，就连游鱼身上的斑纹，都历历可数。别看这溪水不长不宽也不深，岩坦村人的生计，却都拴在它身上。浇田、喝水、洗菜、洗衣，用的都是这片水。从岩坦门前山担柴回村的后生，免不得在水边洗洗脚，歇一阵。撑排人也都得借这一片水，把岩坦和岩坦上三地的竹木、柴炭运到溪

口、岩头等埠头,有的再装船运到温州。

翠妹挽起裤腿,脱下鞋袜,把袜子塞进鞋窝里,摆放到水边一棵柳树下。想了想,又拎起鞋子走了几步,把鞋子放到高处一块岩石上,方安了心——谁也说不准一会儿的风会朝哪边刮,她也舍不得水把鞋子卷走。这双鞋是去年年底做的,才穿了几个月,鞋底鞋面都是上好的布料和手工。婆婆的脚比她略小一两分,只要在脚指头前面塞一块布,这双鞋婆婆也能穿。丈夫戴福来办染布坊,又兼靛青夹被加工,生意兴隆,岩坦邻近各地,无论男女老幼,一律叫他染布老司,因为方圆百里只有他一个染布坊。公公更是岩坦和附近各地的大能人,过去的几十年中常替人讲案,去温州府打过多次官司,与官府有交情。因此她家家道算得上殷实,可是婆婆生性节俭,这样一双八成新的鞋子落到婆婆脚上,还能穿上好几年。

翠妹把篮子里的衣裳,一件一件地掏出来放在石阶上。衣裳大都是丈夫的,她拿起一件布衫,埋下脸去闻了闻,有淡淡的一丝油垢味,还有不那么淡的一丝烟草味——这就是丈夫身上的味道。丈夫的味道,和乡里那些种田杀猪的汉子,委实不太一样。她能在千百个男人里,狗似的一下子把丈夫闻出来。她把衣裳摊在石阶上,在袖口和领边处轻轻抹了一层洋皂,乡里还有好多人用稻秆灰汤洗衣裳的,洋皂是丈夫去温州城购买染布染料时买回来的,她想省着点使。

一阵风吹来,跟水打了个照面,水哆嗦了一下,漾出大大的一圈波纹。翠妹又觉得天地翻了个个儿,早晨出门前喝的半碗菜泡饭,毫无防备地涌了上来。

丈夫福来虽然是一个地地道道的染布老司,听说原来却也是个读

书人。七岁上学,在岩坦小学读完了初级小学以后,公公送他去四十多里外的枫林高级小学深造。当时永嘉北部山区只有枫林一所完全小学。

丈夫自枫林小学毕业后,婆婆力劝公公应当摆毕业喜酒庆贺庆贺,说溪口村就有人摆过小学毕业喜酒,你是地方上的头面人物,更应当摆一回毕业酒。于是择日搞起排场的毕业庆典了。

这一年农历正月初八毕业庆典开始了。那天宾客盈门,亲戚朋友们有的挑礼担,有的提月桶,有的包红包,陆续来了。请厨师、杀肥猪,备办酒席二十三桌。

头年年底便把红请柬发出去,近亲、远亲、朋友、邻舍都排摸好了。叫人去温州城买来一些海味,喜酒的质量比一般红白喜事总高一筹。吹打班是远近闻名的一个。

大堂两旁两副挂对,其中一对是:"鸟语花香拂春风,良友来时四座春。"照锦上横头挂"上代容",整座七间两横轩大屋门对贴得红彤彤的。两支长竿高出檐头,用红绸绫缠着,靠在檐头,以备游行祭祖用。喜事的气氛被渲染得浓浓的。

八时开始迎学游行。两面大锣开道,两位小青年举长竿彩旗在前,福来身穿蓝棉大衣、肩腰缠红绫、头戴礼帽跟在彩旗后,再是吹打班奏乐曲。最后面是赞礼师汪先生和随行挑祭品的人。先拜过岩坦戴氏宗祠,再拜河头前山历代祖先墓,依次是高祖、曾祖父、祖父墓,返回家已是下午二时许了。晚上喝喜酒。

酒宴过后,经常听到有人说,福来的毕业酒真是办得好,肉块特别大,菜样又多,酒也是陈年老酒。

那场庆典和喜酒开支较大,收回的礼不够用,一结算亏空了好多稻

谷。有人说这是"好高"酒，当然是亏空的。事前婆婆和公公知道分明会亏空的但也要办，事后毫无怨言，只是高兴。

戴福来十七岁了，母亲李氏绷着脸对他说："你是一个大后生了，该娶亲了。"儿子回答："娶亲可以，但要是个识几个字的人，粗通文墨就可以了。"这下李氏犯了难：读书女子本来就少，读过书还待在乡里的未婚女子，更是少而又少。李氏一辈子省吃俭用，打点媒婆的礼物却丝毫不吝啬。可是李氏就是把礼物堆到了媒婆家的天花板，媒婆也还是找不着儿子要的女人。就在这个节骨眼儿上，翠妹把自己送到了戴家。

这一天，翠妹同她妈起了个早，提着三条未染色的夹被从小舟垟村到岩坦村，不到五里地，七时许就到福来家要请染布老司加工靛青夹被。靛青夹被是永嘉北部山区小姑娘出嫁必备的嫁妆，若嫁妆没有靛青夹被会感到不光彩。翠妹妈原来也是岩坦村人，并且同福来的父亲都是岩坦外新屋房人，算是叔伯兄妹，所以福来家是熟悉的。

福来听到敲门声开了门，说："我昨天晚上加工夹被到半夜，所以起床迟了。"接着，拿出夹被加工记录簿和笔问她们，"有几条？几时来拿？姓名住址怎么写？"翠妹拿过簿子说："我写上吧！"福来看到簿子上娟秀且有力道的字，不禁侧过头怔怔地看着翠妹的脸，觉得她美极了。福来问翠妹："你的字怎么会写得这样好啊？"翠妹低头不语，还是她妈替她答的话。说这个丫头跟她爸上过四年学，是个小秀才。乡里人写信写春联，她爸忙不过来的时候，就喊她帮忙。福来这才知道，翠妹的爸是个教书先生。

李氏找了个机会要了翠妹的生辰八字，送到算命先生那里一合，竟是绝配。当下大喜，就遣了媒婆去翠妹家提亲。翠妹的爸妈都知道戴

福来的情况，便爽快地答应了这门亲事。

半个多月后的一天，翠妹吃了中饭，提着袋子独自一人来岩坦福来家，袋中放的是三条未染色的夹被。她见到福来后拿出钱说："这里又有三条夹被放在你这里加工，之前的三条夹被若是加工好了就拿回去。这些是前次的工钱，你收起来吧！"福来说："前三条夹被已加工好，质量特别好，但是加工的钱你收起来吧，就算是给你的见面礼吧！"翠妹再三推辞，见推辞不了，只好把钱放回去。翠妹从福来家出来时依依不舍，福来又送出来，把翠妹的袋子拿过来提着，袋中是三条已加工好的夹被。他们一起走出道坦，一起走上岩坦街，又从岩坦街向小舟垟村的方向走，走到岩坦小学前，边走边说着话，样子很是亲热。虽然不是亲表兄妹，但是确确实实是叔伯表兄妹，这也是增加好感的一个重要因素。

要过碇步了，翠妹叫福来回去。福来说，送你过碇步吧！这一天，碇步上有一脚板的水，不深，但是福来还是一手提着袋子，一手牵着翠妹一起走过碇步。向前走了十几步，就是大舟垟亭，他们坐在亭子里又说了好一会儿话，直到听见沉闷的雷声，才只好分手各自回了家。

乡间女子婚嫁前的感情经历，简单得就像是一尺白布，即使上面有一两块花纹，也只能是媒婆留下的。媒婆的嘴，逗引着少女的心如春天的柳絮，明知靠不住，也忍不住要漫天飞一飞，直到落下地来，才知道原是一摊泥。翠妹的感情经历虽然也是一尺白布，可上面最早的一块花纹却不是媒婆的嘴唇沾染的——那是福来亲自画上去的。翠妹第二次送夹被到福来家，眼睛丈量了福来高大的身躯，也丈量了福来的性情，记着的是他的仁厚宅心。翠妹看福来的时候，福来也在看翠妹，当然看着翠妹的不止福来一个人，还有李氏。翠妹觉得李氏的目光像狗尾巴

草上的毛须，一下一下地扫过她的腰臀，扫得她浑身酥痒。她知道李氏在想什么。翠妹十五岁的时候，就已经长成现在这个样子了。母亲笑过她，说这么宽的腰胯，将来一定是个肥鸡婆，能生一窝小鸡崽。福来觉得翠妹不论身材、面貌、心地样样都好，又有文化，心里乐滋滋的。后来翠妹看见媒婆颠着小腿在岩坦小舟垟两头煞有介事地奔跑时，就忍不住暗暗发笑：这一切原来都是做给人看的，其实在心里，她早就跟福来自由恋爱了。她虽然生在乡下，却和城里女学生一样，在婚嫁的事情上，时髦过一回了。

翠妹从第一次送夹袋去福来家，同福来第一次见面，到她被迎娶进戴家的门，前后总共不过一个半月。

过门的那一天，婆婆李氏端了一碗红枣莲子汤，喂给翠妹喝——她知道那是"早生贵子"的意思。她喝完了，李氏却没有走，依旧站在房间内，定定地望着她，目光在她的脸颊上凿出一个个洞眼。她感到了热，也感到了疼。她躲开李氏的眼睛，垂下了头。李氏叹了一口气，走到门口，又转回来，嘴唇抖了抖说："对他好点，早生个儿子吧！"

第二年，儿子出世了，福来给他取名为戴瑞泳。儿子出生五个多月，婆婆又特地到房间对翠妹说："再生个儿子吧！"翠妹回答说："现在要给儿子喂奶，以后再说吧！"婆婆听了后顿时生气了，怒容满面，高声说："女人生养儿子是头等大事，儿子起码要生两个，越多越好，不但是传宗接代，还会被人高看一眼……你若答应再生一个儿子，我会帮助你照顾我的孙子瑞泳的。"翠妹知道，如果不答应再生一个儿子，婆婆不会善待自己的，只好对婆婆说："我知道了！"

又过去了一年，在这一年中，婆婆多次催她再生一个儿子。翠妹从

婆婆的话语中深知,叫她再生一个儿子,而不是一个女儿,因此心中七上八下,常常为此事烦恼。现在,肚中的那块肉虽然动了,但还是忧心忡忡。生儿生女自己怎么能定呢?若再生一个儿子,千好万好,若生一个女儿怎么办?

翠妹洗衣服有些时间了。日头在树梢上颤了几颤,终于甩脱了枝叶的缠绕,一跃跃到了半空。四下突然光亮起来,日光把水、树和岸边的草丛洗成了一片花白。天像是一匹刚从机子上卸下来的新布,瓦蓝瓦蓝的,找不着一丝褶皱和瑕疵。日头无遮无拦地照下来的时候天就变得暖和了,安静了好久的知了又扯着嗓子狠命地嘶喊起来。知了一出声,虫子都壮了胆,也跟着叽叽喳喳地聒噪,水边立时就热闹开了。

真是个好日子啊。这是一年里正正中中的那一天。从这天往前数,天还太凉;从这天往后数,天就嫌热了。这样妥妥帖帖的日子,一年里遇不上几回,今天叫她撞上了,真是巧得很。

水上出现了一个黑点,渐渐地就变成了一只竹排,竹排上放满柴爿,老大放在排头的蓑衣,闪闪烁烁的全是水珠子——上游大概还在落雨。老大见到翠妹,用竹竿乒地敲了一下竹排,远远地吆喝了一声:"大嫂,在洗衣裳啊!"翠妹说:"是你!这次排撑哪里?"这是小叔子福归,他回答:"撑沙头啊!"

岩坦溪经过的船很少,竹排就多了。老大运送的是百家的货,吃的是水上的百家饭,老大见了水边的人,不管认得认不得,都会热情地招呼一声。

她终于把衣裳都洗完了,一件一件拧干了,放进篮子里。又把用剩的洋皂上的水甩干了,放回皂盒里。她站起来走了几步,把竹篮挂到了

高处的树枝上去。她担心自己的第二胎生一个女儿要受气,真想去小舟垟母亲处,说一下自己的苦衷。

这时她的肚腹突然抽了抽,又一股酸水泛了上来,她忍不住趴在地上哇哇地呕了起来。她知道这是她肚子里的那团肉在催促她起身去小舟垟。这里到小舟垟不远,两年多前丈夫送自己到大舟垟亭记忆犹新。现在过碇步就是大舟垟,走过大舟垟再过一条碇步就可以看到小舟垟,到小舟垟就没有多少路了。

翠妹定了定神,慢步走近碇步,看到碇步上有一脚肚的水,这点水放在两年前她一点儿也不会怕。她咬了咬牙走了几步,心慌了,想退回来,脚一松,就栽入了一片无边无沿的黑暗之中。

嗡……嗡……嗡……

那是蜜蜂飞过的声响。

哦,是,一定是蜜蜂。这时节田里的油菜花、路边的桃花、坡上的紫云英早都开花了,蜜蜂正天天忙着采蜜,飞出飞进忙个不停。翠妹迷迷糊糊地想。

她想睁开眼睛,可是眼皮像抹了一层蜂蜜,黏厚得紧。

"醒了,总算醒了!"她听到一个欣喜的声音。

她的眼角上飘过来一朵灰色的云。她想用眼神抓住,可是她抓不住——她连动一动眼珠子的力气也没有。

再后来,她看见了一团发糕。发糕好像在水里浸泡过多时,上面嵌了两粒走了形的枣子。

过了一会儿,那发糕渐渐地清晰起来,变成了一张脸——是李氏浮肿的脸,那两粒枣子,原来是李氏的眼睛。李氏的眼睛布满了细蚯蚓

似的血丝,眼角有一汪亮澄澄的眼屎。

"你都睡了两天了,是师父把你喊回来的。"李氏说。

翠妹这才明白过来,那朵灰色的云原来是道姑的袍子。那嘤嘤嗡嗡的声响,是道姑在床前替她念经。

她的脑子今天一点儿也派不上用场。平常的时候,她的脑子像一根指头,上头钩着无数根线,有管舌头的,有管眼睛的,有管耳朵的,有管手脚的……那指头如同长在木偶师傅手上,灵巧得紧,想提哪根线就提哪根,想叫它向左它绝不能往右。可是今天突然就不行了,指头还在,线也在,只是指头支使不了线了。

福来,福来呢?

翠妹想问,可是她的嘴唇却像是压了两片大石磨,她挪不动——她的脑子差不动她的嘴。她知道丈夫就在屋里,因为她闻见了丈夫的旱烟筒味。福来是个节俭的人,可是有两样事一点儿也不吝啬钱:一样是烟丝,一样是买染布染料。丈夫的烟丝是从温州买来的甲等特级的烟丝。丈夫一点起烟筒,便满屋生香。有一回见眼前没人,丈夫挥弄着她也来抽一口。她拗不过,就真的抽了,结果满嘴苦涩辛辣,呛得直流眼泪。自那日起她才明白,原来烟筒是抽着给别人闻的。丈夫去温州买的染布染料都是最好的,最贵的,一直都这样。

"福来,你再去叫岩坦街的汪郎中过来,把一把脉。"李氏冲着屋角说。没有任何响动,福来没有动身也没说话。

"胎儿,郎中来瞧瞧胎儿。"李氏的声音大起来。李氏的嗓门儿本来就不宽,这一发狠,嗓门儿就撕裂了,丝丝缕缕的,漏出来都是惊恐不安。

哧嚓,哧嚓。有响动了,福来走到外间时,李氏赶到外间吼起来:"你怎么这样慢啊?"

翠妹的耳朵噌的一声睁开了,睁得比眼睛还大——她听到丈夫在外间的愤怒声:"妈,您怎么一定要她再生个儿子呢?生儿生女怎么会知道?都是您害的。我已有了一个儿子,现在我更想有一个女儿。"翠妹越听心中越舒服了。

接着又响起了一阵窸窸窣窣的脚步声,是李氏走回她自己的屋。当啷,当啷,李氏在数铜板。过了一小会儿李氏走出来,千恩万谢地打发走了那个念经的道姑。屋里突然就静了下来,静得能听见一粒灰尘落地的声响。李氏到翠妹床前说:"对不起,是我害了你!"

"碇步有水……没站稳……我不小心……"翠妹嗫嚅道。

"要不是撑排的看见了,哪还有你的命?"李氏说。

"你给我在祖宗神灵前发个誓,你不会再出这样的事了。"李氏这回的眼光很直很狠,钳子似的夹住了翠妹的眼珠子,叫翠妹再无可躲藏之处。

翠妹的嘴唇颤了几颤,却没有颤出一句话来。翠妹勉强撑起身子,点了点头。

"那好,我一会儿就去喊外屋的桂花婶来帮忙。从今天起,你一步也别出门,就在家里好生养胎,就连你儿子瑞泳也叫桂花婶照顾,你就不用费心了!"李氏说。

李氏说这话的时候,脸紧得像一块上过釉的木板,没有一丝可以商量的余地。

"我给你炖了老母鸡汤,加了姜糖。"李氏走进了厨房。

翠妹只觉得这几个月里压在她心头的那座山，突然塌了，化成粉化成尘，身子虽然还重，却已经不是山那样重了。

终于可以安安生生地睡一觉了。

翠妹两眼一闭，又昏昏沉沉地跌进了梦乡。

翠妹后来是被桂花婶推醒的。桂花婶是外屋的一个寡妇，丈夫儿子都病死了，剩下她孤孤单单一个人，吃着地方上的百家饭，谁家有事，都喊她过来帮忙——也算是接济的意思。

桂花婶扶着翠妹坐起来，又在她腰下塞了一个枕头。

"不过年不过节的也有鸡吃，你算是嫁到好人家了。"桂花婶舀了一勺鸡汤，呼呼地吹着凉，羡慕明明白白地写在了眼睛里。

李氏站在床尾看着翠妹喝汤。日头落了，屋里很暗，翠妹看不见，翠妹是感觉出来的。李氏脸上有一样东西，像新添了油刚剪过芯的灯盏似的，照得半个屋都亮。

那样东西是喜气。

"胎儿保住了，汪郎中给你把脉开方，你一眼都没眨。"李氏的声音还在耳边嘤嘤嗡嗡地响。

翠妹伸出手，在黑暗中四下摸索着。地裂了，生出一条渊一样深的缝。她觉得她的身子掉在了那条缝里，正一下一下越来越沉地往下坠。这时，一个人伸出手来，轻轻拉着她，她就站住了。这个人就是丈夫。

丈夫福来，此时就在房间中坐着。

李氏踮着小脚，去岩坦街上的香火店买了香烛，又去戴氏祠堂给祖宗牌位上香祭拜，拜完祖宗，便进了翠妹的房间，跪在地上咚咚地给翠妹磕头。

"人说生病七分靠郎中,三分靠自身。郎中的七分,该做的都做了,剩下的三分,就在你了。你若想好,这病就能好。我先替戴家的列祖列宗拜你了。"

李氏这一拜,一下子把翠妹拜醒了。翠妹光脚下了床,颤颤地来扶婆婆,刚出了一身虚汗,身子软得像一团和得太稀的面,却终于站稳了。

从那刻起,翠妹的病才一天一天地好了起来。

李氏搬了一张凳子,坐到窗前的一块太阳光斑里缝帽子。李氏手里的帽子像瓜皮帽,却又不全是,瓜皮的外沿厚厚地翻卷过来,中间钉了一个生愣的虎头——这是李氏的创新。李氏年轻时,针线女红的本事是远近闻名的。上了年纪,眼力不如从前,手就懒了。自从翠妹第一次有了身孕,她的手就痒了,搁置了多年的针线筐,又被重新翻了出来。

这是李氏缝的第二顶帽子。第一顶也是虎头,现在戴在第一个孙子戴瑞泳的头上。

"妈,你得信科学。生男生女,各有一半的运气。"福来曾经这样说过她。

"胡说!生男生女的事,是菩萨说了算。菩萨爱待见谁家就待见谁家。"

"凭什么,菩萨就待见你家了?"这样的话,福来平日里是能忍得住的,可是那天想起了妻子翠妹受到的冤枉,福来脱口而出。

李氏那天被儿子说得愣住了——她从来没想到过别的可能性。她的想法是一条多岔的路,可是等在每一个岔路口上的,都是虎头。翠妹第一胎就生下了一个大小子。

翠妹从屋子里慢吞吞地走到院子里,舀了一大勺泔水,拌在糠里喂

鸡。鸡是不认时辰的,鸡只认天光。日头已升到树枝分叉的地方,鸡饿疯了,叽叽喔喔蜂拥而上,踩了翠妹一鞋面的鸡屎灰土。看见鞋面上那团还带着隔夜潮气的绿屎,翠妹肚腹里仿佛有根绳子抽了一抽,没忍住,"哇"的一声就吐了,呕在地上的几粒饭糊被鸡一抢而光。翠妹想抬脚轰鸡,可是脑瓜子却差不动腿——病虽然好了,身子却依旧倦怠,懒得动弹。

翠妹手里的木桶越来越沉,步子也渐渐地慢下来。其实这点重量,在平日实在算不得什么。她在娘家的时候,虽然没有下地劳作过,却也帮家里挑过水。她明白她走不动路,是因为她的腰身肥了。腰身是一天一天渐渐地饱实起来的,她原也不觉得,可是身上的衣裳忍不住告诉她了。

裤腰裹着她的肚腹,使她开始觉出了紧,尤其是蹲下再起身的时候。她想,应该是把怀第一胎时穿过的衣服换上的时候了。

翠妹拎着木桶慢慢地走过岩坦街,离岩坦溪边只有十几步路了,这里很静,连鸡鸣狗吠也听不见一声。她的鞋底在路面上擦出窸窸窣窣的回音。突然嘎的一声,倒把她吓了一跳,原来是天上的雁。雁排着队,一会儿"一"字形,一会儿"人"字形,齐齐整整、悠悠然然地飞过长天,渐渐飞远了,成了天边的几粒粉尘。

雁不知世事,只知道天暖了是春,天凉了是秋。世道翻过了几个来回,雁也只知道春天向北、秋天往南的路子。

雁比人强啊,不用操心诸般的烦恼事。雁只用认得一条南来北去的路子。翠妹忍不住感叹。

转眼就过去了重午节。天气真是热得很,桂花婶在溪边洗衣裳,木

棍一捶就浑身是汗，湿透了衣裳。回到院子里，湿衣裳还未晾上一个钟头就变成了干衣裳。翠妹已经有五六个月的身孕了，脸儿蜡黄蜡黄的；两只脚肿胀了，就像茶筒一样；眼窝深得像两口枯井；一身的气血精神仿佛单单给了肚子——那肚腹大得似乎随时要生。虽然穿着肥大的旧布衫，腰身却像要在衣裳里炸出几块肉来。翠妹早就做不得蹲下身子洗衣淘米择菜的活了——这些活现在都是桂花婶在帮忙。

桂花婶说肚子显得这么早，一定是个男孩，说不定是两个。翠妹知道桂花婶这话是说给李氏听的，是为了给李氏长点精神。

还没熬到入春时节，李氏的身子骨就哗啦一下散了，竟行不得路了。天色好的时候，翠妹就让桂花婶搬张藤椅到道坦里，让李氏坐着晒晒太阳。遇到阴雨天，李氏便只能昏昏地在床上躺着了。李氏时而糊涂，时而清醒。糊涂的时候，就喊翠妹把家里的被子拿出来盖上，她严严实实地蒙在被子里头，身子瑟瑟地打着哆嗦。清醒的时候，反倒没有话了，只是愣愣地望着天花板出神，安静得让人心慌。

翠妹现在能做的事，就是给肚子里的娃裁剪衣裳。这样热的天真不是捏针动剪的时候啊，还没容她锁完米粒大的一个扣眼，就全身是汗，衣服也湿透了。翠妹后悔没在天气不冷也不热的时候备下几件衣裳——那时候的心思全没在这上头。

其实，天气即使最舒适，翠妹也缝不出什么新颖的样式来。她的女红手艺，实在只能算平平，可是这会儿戴家再也没有别人可以操持缝缝剪剪的事了。

然而不知为什么，今天翠妹心血来潮，在一条小裤子上缝了一朵花。这朵花很小，小得就像一滴偶然落在布上的菜汁。可是李氏看见了。

虽然李氏已经是一盏油浅得将要见底的灯,却依旧是火眼金睛。李氏可以勉强忍受一个男孙落地的简陋,可以没有虎头,但是绝不能看见花。小布裤上的那朵粉红色的花,像一簇烛火烧得李氏两眼起了焦煳。翠妹看着不好,便匆匆逃出了屋。

翠妹走到门外,心依旧跳得擂鼓似的,一座屋都听得见——她觉得被婆婆看穿了心思。这些日子,她隔两天就去庙里烧香,当然挑的是香客最清闲的时候,因为她想要的东西,是不能给其他任何人听见的。她肚腹里的那团肉在出来时,就让他变个女儿身吧。因为她实实在在地听到过丈夫很想再有一个女儿的话。

没有一点风,翠妹不知不觉地就走到岩坦溪边,满身是汗,溪边有一丝丝风,站在溪水中用水洗了洗手足,凉爽极了,舒服得很。看着水面上来来往往的竹排和船,真是心旷神怡。

丈夫去温州买染布染料离家已七天了,以前去温州只用三四天就回家的,这次到底是怎么了?翠妹心里七上八下的。

日头渐渐地沉了下去,溪水一跳一跳地舔着日头,日头化了些在水里,水就变得肮脏混浊起来。水鸟嘎嘎地叫着飞过水面,找寻归家的路,翅膀把天穹撕成一条条的破棉絮。翠妹知道,一天又要过完了。

翠妹转身朝回走,迎面就撞上了岩坦街南货店的王嫂。

"没等到染布老司啊?"王嫂随口问道。

"谁等他了?我只是出来透透气。"翠妹仿佛冷不防被人揭了个底,脸唰地一下子红到了耳根。

王嫂就笑:"这个天,打狗都不出门的,你要透透气?骗谁也不能骗你老嫂子。我都看见了,你天天来这里,不等他等谁啊?"翠妹说不得话,

掉了头就走,想走快点。但是力不从心,摔了一跤,扑在地上,爬起来又走,直拐到自家的那个门口。再推门进入房间内,脸上的燥热还没有散尽,便忍不住恨自己:又不是偷汉子,怎的这般脸皮薄?他是自己的男人,还不能想他吗?

她突然就很想他了。她想起他看她时的眼神,含蓄,隐忍,什么都没说却又什么都说了的样子;她想起他用手背蹭着她头发的酥麻感觉;她想起他身上那股烟草和油垢混在一处的气味……她喊了一声"福来",又喊了一声"福来",膝盖一软,头重脚轻地昏倒在地板上。

后来她终于醒了——是被疼醒的。一股剧痛像一条钢丝把她的肚腹扭扎成一根麻花绳。她想撑起身子,突然发现地板是湿黏的,一团污水在她身下淌成了一条滩。

她挣扎着爬到竹床上,房间中夜已经黑熟了,她没想到她已经在地板上躺了这么久。

又一阵阵痛袭来,她狠狠地咬住了嘴唇。

她一辈子都怕疼,可是此刻的疼和以往所有她经历过或想象过的疼都不一样。这疼是一把砍柴的斧子,一下子斩断了她的腿。她觉得她的身子从椅座上弹起来,虚虚地浮到了半空。她不仅没了腿,也没了五脏六腑,她的腔子空了,只剩下那至死也不肯撒手的肉。

迷迷糊糊之中,一股轻风如天鹅绒般将她整个裹挟着卷进了一条狭窄的隧道。隧道起初很暗,后来渐渐地有了光,是白光,却不是她见过的那种白。

这白光没有线条,没有棱角,也没有重量,温软地抚在她的眼帘上,勾引着她只是沉沉地睡去。就在她即将合上眼睛的那一刻,她倏然惊

醒了,她明白过来隧道的尽头是通往另一个去处的门。她若听从了睡意的诱惑,就会被那股风那道光带入那扇永无归路的门。她不想进入这扇门,至少不想在这一刻,因为她得先搂下她肚腹里的那团肉——那也是一条命,她不能欠下一条命。

翠妹!翠妹!连续不断的喊叫声在翠妹房间外的深夜里回响。这是桂花婶的声音。桂花婶知道福来不在家,也知道翠妹的肚腹一天大于一天。没有听到翠妹的回答声,只听到呻吟声越来越清楚了。桂花婶推门进入房间,划着火柴点亮了灯,惊呆了。她立刻上去抱着翠妹的身子,不断地劝翠妹忍一忍痛。

翠妹的肚子又狠狠地抽了一抽,她猛然明白,那团肉要提早出世了。

这时,房间中板壁上的挂钟指针正指着十二时十五分。

桂花婶大声地呼叫着翠妹,抱着翠妹的身体摇晃着,没多久翠妹苏醒了。她叫了一声桂花婶,桂花婶心领神会,立刻拿过消了毒的剪刀,很小心地把脐带剪断了,并把那块肉翻了个身。

过了一会儿,桂花婶猛然醒悟过来,她忘了早就该做的事。

她俯下身来,分开了孩子紧紧交缠在一起的两条腿。

是个女孩。

翠妹用旧布衫把孩子裹起来,抱到怀里。这时她闻到一股清香,是不是孩子身上有香气?她木木地坐着,不知该悲还是该喜,过了好一会儿,脸上才松弛下来,慢慢地露出了笑容。

孩子累了,睡得很沉,鼻孔一扇一扇的,扇出两股细细的暖气。

此时,桂花婶耳朵竖得跟野兔似的,听着房间外的各种声响。窸窸窸窣，那是夜风噬咬树梢的动静。叽叽咕咕，那是鸡鸭的梦呓。枝头的蝉正沉沉地睡着，养着嗓子好等天明醒来大嘶大吼。有一片细碎的喧哗声，轻得几乎像耳膜上的一丝震颤，倒叫桂花婶愣了一愣，半天才想明白那是月儿拽着星星在慢慢地往下坠。百样的声响里，就是没有敲门声。桂花婶等了又等，眼皮渐渐沉涩起来，终于昏昏沉沉地睡了过去。

折腾了大半夜，翠妹也累了，她想问桂花婶夜怎么样了，她刚吐出一个"夜"字，院子里的鸡公就喔地喊出了第一声，一只领了头，便有一群跟班的喔喔合着伙儿，把夜给搅散了。鸡公搅散的还有翠妹的心思。

灰白的曙色里，丈夫敲着门，又敲着门，醒了的桂花婶开门后看见福来，就说："快过来先看看你的女儿吧！"福来知道自己有了女儿时笑逐颜开。

看着熟睡的女儿，福来越看越爱看，竟哈哈大笑起来。

"你辛苦了！"福来对妻子说。

"福来，你给女儿取个名吧！"妻子看着丈夫的脸说。

福来想到女儿出生在月夜里和刚才群鸡齐鸣的情景，开口道："女儿叫凤兰吧！以后在学校里就叫月英，有两个名字。"

桂花婶听了后就说："福来有文化就是好，女儿取的名字脱口而出。"翠妹与桂花婶都说这两个名字真好听。

父母的爱

　　凤兰是父母的掌上明珠，得到无微不至的关怀、疼爱。还很小的时候，凤兰要睡觉了，爸爸给她垫枕、盖被，妈妈将那只滑腻而温暖的手臂给她枕着，还要搂着，使女儿不惊不慌地安睡在怀里。凤兰吃饭的时候，爸爸给她预备了小碗、小盘，妈妈递好吃的东西到她口里。凤兰所穿的衣服，爸爸给她买时兴的和贵重的，妈妈常给她换新样式，要亲自剪裁，亲自刺绣，要用最好看的颜色给凤兰做衣服。

　　凤兰这个小女孩，别的孩子有的她也一样都不差，别的孩子没有的她有好多。

　　凤兰，爸爸不是抱着她就是扛着她。凤兰四五岁了，爸爸常在肩上扛着她，爸爸走到哪里，她就跟到哪里。

　　这一天吃过午饭，妈妈坐下了，开始织前一天刚开了头的一只线袜，袜子是女儿的。妈妈把大人的旧袜子上的好线拆下来，织在新袜子的袜筒上，再用新线织袜头袜底，是为了耐磨。新线是爸爸去温州买染料时顺便买来的，这新线质地好，拿牙都咬不烂，看着还有一层隐隐的光亮。妈妈前个星期已织好两双小袜子，又要织小袜子，说还要织一条小围巾给女儿。

　　也是这一天午饭后，爸爸把凤兰扛在肩上，走到道坦中，一起转了

好几圈。爸爸在岩坦街上缓步行走，在这个商店里看一下，又在那里停留下来歇一下。女儿的衣兜里已塞满了糖果。

忽然听到有人打招呼："福来老司！今天怎么有空出来玩？"爸爸回答："我上午已把布染好，下午没有事，所以同女儿出来走走！"在岩坦街转来转去，爸爸想让女儿高兴，有时女儿咯咯笑出声来，爸爸也就快活起来了。

阿婆看到肩上的凤兰十分可爱，就把自己碗里的一个热汤圆塞到她嘴里。她爸爸朝前走怎么会知道身后的事，走了一段路后，觉得肩上的女儿毫无动静，赶紧放下女儿，一看吓呆了，凤兰身体软软的。爸爸立即抓住女儿的双脚使她的头倒过来，不断拍打她的胸部，汤圆从凤兰的嘴里吐出来了，凤兰也慢慢地苏醒过来。爸爸心有余悸地说："还好！还好！"

凤兰自然地成了妈妈贴身的小棉袄，爸爸左右难离的一根小拐棍。夏日里，他们时不时地逗她给自己打扇，用"老头乐"挠痒痒；冬天里，则指望她拎火篮，捶背捏腰。

看见哥哥拿洗脚水给爸爸，凤兰也会抢着给爸爸搬小板凳。看到哥哥给爸爸打扇，凤兰也拿来扇，大叫："爸爸，我也给你打扇！"一双小手也就使劲地打起扇来了。

括苍山的夏季，气候极温和，雨水也很充沛。括苍山上及山下的岩坦镇各村在下雨时，绝不像平原：天早早地阴得又浓又厚，却光打雷不下雨，凭空浪费人的情绪。这里只要阴下来，雨很快就来了，接连下一两个小时，便了。人们便纷纷拥向山上：那树根旁厚厚的腐殖质被雨淋过，很快就生出一簇簇白白胖胖的鲜菇。人们把鲜菇采回，晒干后

储存。

夏夜真静啊,好像重新超脱了一个世界!

雨不停地又下起来了。这雨丝细细,看不到,也摸不着,但听到了。

"沙沙,沙沙……"这声音一直沁到人的心灵深处,着实有一种飘逸的轻松和惬意。

细雨中,西山的嘴巴衔着一轮昏黄的月。薄云给它镶上了淡淡的晕圈,朦朦胧胧很是别致。就着微弱的月光,依稀看到浮动着的山岚。这山岚时有时无,若即若离,真让人怀疑有神灵在那里操持:从雾缝里窥视这沉寂的村落。

小屋边上的一棵柿树静静地站在那儿,衬着这晦明的天,好像兀然长高了许多。原来它们伸长了脖子听雨,大概它们把雨声当作最美的音乐了。

远处传来玉米"咔嚓、咔嚓"的拔节声,夏雨的小手把它们的脚搔得太痒了,它们在拼命地挺身子……

菜园里的向日葵则羞于夏雨的挑弄,低低地垂着头。我敢说,她们明朝一准怀着饱满的情愫,昂起她们圣洁的头,脉脉地凝视着太阳,献出对太阳最热烈的爱。

雨停了,没了沙沙声。

蝙蝠从洞穴里飞出来,大概被雨闷得够呛,一出来就扑棱着翅膀狂飞,一会儿从树杈上擦肩而过,摇一身露水;一会儿又巡回在院落间,叼一只湿漉漉的小鼠……在夜的世界中,它们是骄傲的王子,自由自在,无拘无束。它们给夜长上了眼睛。

山泉带着大山的深蕴,发出叮咚的金石之声,奏出这夜色最美的节奏，唱出属于这夜的最美妙的歌声。这歌声的每一个音符，每一节韵律都是那么明晰、清朗，那细微的妙理，就像古代少女在挑灯织锦。蟋蟀可能是这泉水的侍从，从主人那里偷来了神韵，躲在土墙缝里啾啾地唱个不停，像要跟主人比个高低。可是它们没有泉水那么大的气量，同伴们只好轮流争唱：一会儿叫在院里，一会儿叫在院外；一会儿叫在村东头，一会儿叫在村西头，此起彼伏，热热闹闹的。

静寂中的神韵，鼓动得戴福来心里沸沸的，不能入睡，于是他走出屋门，行在静静的岩坦街上。

一阵不易察觉的夜风拂面而过，多么清凉，多么润美的空气呀！福来张开嘴巴，大口大口贪婪地吸吮着。这是山村的灵气！大自然的灵气！这就是山里人个个出落得灵秀俊气的缘故吧！城里的老夫子来山里安神养性，不就是看上了这山里清澈得没一丝污染的灵气呀！

街的东角上，从一间屋里传来一对夫妻的对话声：

"明早，你可要在五点起啊。说好与福来老司一起到溪口村船埠头赶六点半的舴艋舟去温州的，你进货他买染料，正好有伴儿。"女人说。

"知道，说了好多次了，真是的。"

啊！山村的夏夜不再是寂苦、沉醅、单调、饿肚皮的夜晚，"穷忍着"的长夜熬过去了。这土地上的希望唤醒了山里人近似麻木的心，他们有了不眠的幸福之夜！

这，又给山村的夏夜增添了更美的一景！

翻身得解放的贫苦农民分得了田地和房屋。农会、妇女会教大家唱歌，教的是《解放区的天》：

解放区的天是明朗的天，解放区的人民好喜欢，

民主政府爱人民呀，共产党的恩情说不完，

呀呼嗨嗨一个呀嗨，呀呼嗨呼嗨，呀呼嗨，

嗨！嗨！呀呼嗨嗨一个呀嗨！

童心

下雪了，岩坦街的路面上铺着一层薄雪，小狗、小鸡、小鸭经过，便会留下一串串可爱的小脚印，如梅花，如竹叶，如枫叶……多么美丽啊！

爸爸把炭盆放在染布坊中，在炭盆中放了一些木炭，到染布灶的灶膛中取出一些火来，放进炭盆，用嘴对着炭盆吹，那些火星渐渐旺起来，引燃了木炭，很快，一盆红彤彤的炭，开始温暖着染布坊。

下雪天，人们可以变着花样儿让自己暖和，变着花样儿吃着美味，而鸟雀们可麻烦了，地上铺着雪，它们找不到食物，便只好自己借给自己十个胆儿，不顾危险，飞到有人的地方，希望能够找到一点吃的，如饭粒儿、豆腐渣、番薯干末儿……

爸爸想给女儿一个惊喜，他把捕鸟的最佳地点，锁定在染布坊旁的空坦上。

爸爸用一根木棍支起细密得鸟雀肯定钻不出去的竹笼，在竹笼下面撒一些米粒儿，然后把那根细细的绳子拉到了染布坊顶上，爸爸一边关照染布坊中的活儿，一边盯着是不是有鸟雀钻进竹笼里去吃米粒儿。

这一天，妈妈也知道了这件事，她紧紧盯着竹笼看，她真希望有鸟雀进竹笼里去吃米粒儿，这样就可以捕到鸟雀了。不过，她也不希望鸟

雀钻进竹笼里，因为她可怜那些被捕到的鸟雀，它们会失去自由，还可能会成为盘中餐。

啊，一只小鸟钻进竹笼下面了，另一只小鸟也钻进去了，爸爸迅速地拉动那根细绳，竹笼就把那两只小鸟给罩住了。妈妈的心啊，真是提到了嗓子眼儿，她真不知道是高兴，还是应该替小鸟伤心。

爸爸把捕到的两只小鸟放进早就准备好的鸟笼里，然后便支起竹笼，兴冲冲地回到染布坊，心想把鸟笼给女儿，她一定会高兴的。

过了好一会儿，凤兰来到染布坊中，爸爸把鸟笼递到凤兰手中，凤兰紧盯着鸟笼中的两只小鸟，喜忧参半，百感交集。过了一会儿，她跳起来大声对爸爸说："爸爸，放了它们，让它们回到山林里去吧……"

今年哥哥上学了，班主任是戴青青老师，她兼任一年级算术课，也是岩坦外新屋房人。她很年轻，二十三四岁吧！她美得别致：肩是那么润，腰是那么柳，脸是那么俏，腿是那么修长；一身湖绿色的紧身衣服把全身诗一样的曲线衬得显山露水，天也为她醉了。不信你瞧，太阳是那么红，像彩工涂上去的一层釉！

戴老师也该多走走，风光风光，否则就白白湮没了！她刚走到一堵矮墙下，也是道坦的边儿上，便传来了一声童音："妈妈，有个伯伯要换粟子！"

戴老师好奇地踮起足尖，伸长脖子瞧将去。

一个打扮得鲜亮的妇女从屋里紧步出来，这是凤兰妈妈李翠妹，她张口问："大哥，换粟子哟？""啊，换——换的！"一个中年男子，一手捏着布袋，拔腿朝道坦里走。

"换多少？"

"啊,本想多换点儿,可粮票搞得少,不够长脸。"

于是,妈妈就往中年男子的袋子里装粟子。道坦就是晒场,酥脆酥脆的粟子在一条条簸箩上把道坦摊满。

一个小女孩在边上看,她是凤兰。她的脸蛋儿红红的;睫毛长得从侧面能一根一根地数;小腿胖胖的,像清晨刚从水里剔出来的四节藕,嫩嫩的,要滴水;黑黑的长发用红纱拢着,一呼吸,发梢都颤颤的,像小溪里的涟漪;一身小衣服,轻轻的,俏俏的;皮肤白得透明——乡下很难有这么好看的女孩子!

"妈妈,为什么不给伯伯灌满?"凤兰眼尖,看见那袋子有一截空着,就用手指点,表情是极认真的。

妈妈看一眼女儿:"伯伯没那么多粮票,只好灌这么多。"

"我们的粟子够多的了,让伯伯灌满吧!"凤兰攀着妈妈的手,头仰得高高的,向妈妈恳求道。

"小娃娃,你舍得?"伯伯逗她。

"舍得!您快装,好赶路啊!"她要用手给伯伯捧粟子,妈妈赶紧抓住了她。妈妈怕女儿弄脏那葱白样的小手和那鲜亮的衣裳。

"好,给伯伯装。"妈妈真的扬了簸箕。中年男人不解,伸手收布袋口。妈妈笑笑,俯身对他说了什么,他也笑了,布袋就装满了。妈妈很爱女儿,不愿女儿流泪,尽管那泪也是清亮清亮的,挺动人呢!

看着伯伯远去的背影,凤兰得意极了,背着手,挺庄重地点点头。妈妈看着笑。

戴老师刚要转身走,见凤兰朝道坦的另一边走,不时弯下腰,好像捡着什么。妈妈见了,忙问:"捡的什么?"凤兰伸手让妈妈瞧,那胖乎

乎的小手心儿里有几粒粟子,黄黄的,灿灿的,似金子。妈妈佯装生气:"不要捡了,就几粒粟子,小心弄脏了衣裳!"

妈妈刚进屋,凤兰又去捡,一粒一粒,像捡拾着外婆讲的那些故事,像捡拾着她梦里的那串珠,像捡拾着爸爸妈妈失落的什么⋯⋯小手心儿装不下了,从指缝往外滑,她重捡,又滑,再捡⋯⋯

粟粒都捡完了,她嘘着气,用手背揩了揩额头的汗,手则用衣服去擦——她忘了她那漂亮的衣服了!凤兰朝屋里跑去。那衣服上的一双小手印儿,黑黢黢的,像两只快乐的小鹿,像两瓣极美极美的梅花!

戴老师久久地站在墙边,眼睛湿湿的,心里也跑出一汪泉。太阳向西而去,但那天使般的小女孩却极清晰地站在她的面前,像那屏幕,愈站愈暗,愈看愈真!

童趣

爸爸的染布坊在住房后的菜园靠边的单层房内，染布坊的左侧有两只染布大缸，右侧有一个夹被用的大缸，门口有一个大灶，灶中有一个染布的大镬，在染布坊中还有竹椅、竹床、坐凳、桌子、布篮……

爸爸几乎每天都染布或夹夹被，很忙，但是每天都要小酌，他不吃牛羊肉，猪肉吃得也很少，而喜欢吃鱼、虾之类，对于蟹，尤其喜欢。自七八月起直至冬天，爸爸平日的小酌一般吃两只蟹，一碗岩坦街豆腐店里买来的开锅热豆腐干。他的小酌，时间总在黄昏。八仙桌上一盏煤油灯，一把锡酒壶，一只盛热豆腐干的碎瓷盖碗，一支旱烟筒；桌旁边的不远处，端坐着一只老猫，眼睛紧盯着桌面一动不动。凤兰喜欢蟹脚，说蟹的味道真好。因兄妹两个都喜欢吃，爸爸便也更喜欢捉来吃。而妈妈与他们相反，喜欢吃肉，而不喜欢吃蟹，吃的时候常常被蟹上的刺刺破手指，出血；而且剔得很不干净，爸爸常常说她是外行。爸爸说，吃蟹是风雅的事，吃法也要内行。先折蟹脚，后开蟹斗……脚上的关节里的肉怎样可以吃干净，脐里的肉怎样可以剔出……脚爪可以当作剔肉的针……蟹螯上骨头可以拼成一只很好看的蝴蝶……爸爸吃蟹真是内行，吃得非常干净。所以妈妈说："凤兰她爸吃下来的蟹壳，真是蟹壳。"

29

　　蟹的储藏所，就是天井角落里的缸，缸里经常养着十来只或二十来只。蟹是爸爸在炎热的夜里，用有松脂的松树柴片照明，在岩坦溪中捕捉来的。到了七月七、七月半、中秋、重阳等节候上，缸里的蟹就满了，那时每个人都有得吃，而且每人得吃一大只，或一只半。尤其是中秋，兴致更浓。黄昏，移桌子到天井在月光下面吃。更深人静，明月底下只有他们一家人，围成一桌。大家谈笑，看月亮，真是有趣啊！凤兰还只五六岁，则半途睡着了。

　　这原是为了爸爸嗜蟹，以吃蟹为中心而举行的。故这种夜宴，不仅限于中秋，有蟹的季节里的月夜，无端也要举行数次。不过不是良辰佳节，他们吃少一点，有时两人分吃一只。他们都学爸爸，剥得很精细，剥出来的肉不是立刻吃的，都积放在蟹斗里，剥完之后，放一点姜醋，拌一拌，就作为下饭的菜了，此外没有别的菜了。因为爸爸吃菜是很省的，而且他说蟹是至味，吃蟹时混吃别的菜肴是乏味的。

　　他们也学爸爸，半蟹斗的蟹肉，两碗饭还有余，就可得爸爸的称赞。半条蟹腿肉要过两大口饭，这滋味真好！

　　春天，妈妈养了蚕。妈妈养蚕并非专为图利，这一年叶贵，有可能要蚀本，然而妈妈喜欢这暮春的点缀，就养起蚕来。凤兰所喜欢的，最初是蚕落地铺。在轩中间的地上统是蚕，架着经纬的跳板，以便通行及饲叶。二叔戴福归挑了担到地里去采叶，凤兰与哥哥及几个堂姐跟了去，去吃桑葚。蚕落地铺的时候，桑葚已很紫而甜了，比杨梅好吃得多。他们吃饱之后，又用一张大叶做一只碗，采了一碗桑葚，跟了二叔回来。妈妈饲蚕，凤兰就以走跳板为乐，常常失足翻落地铺里，压死许多蚕宝宝，妈妈忙喊二叔抱起凤兰来，不许她再走。然而这满屋的跳板，像棋盘街一样，又很低，走起来一点儿也不怕，真是有趣。所以虽然妈妈禁止，凤兰总是每天要去走。

蚕上山之后，全家静默守护，那时不许小孩子们吵了，凤兰暂时感到沉闷。然而过了几天，采茧，做丝，热闹的空气又浓起来了。妈妈请五娘来做丝，二叔每天买枇杷和糕点给采茧、做丝、烧火的人吃。大家认为现在是辛苦而有希望的时候，应该享受这点心，都不客气地取食。凤兰也无功受禄地天天吃枇杷和糕点，这又是乐事。

五娘做丝休息的时候，伸出她左手短少半段的小指给凤兰看，并且说："做丝的时候，丝车后面，是万万不可走近的。我的小指，便是小时候不留心被丝车轴棒轧脱的。"她又说："小管坐在我身旁，吃枇杷，吃糕点。做丝做出来的蚕蛹，叫妈妈用油炒一炒，真好吃嘿！"然而凤兰始终不吃蚕蛹，大概是她父母和诸堂姐都不吃的缘故。凤兰所乐的，只是那时候家里的非常的空气。日常固定不动的长台、八仙椅子，都收拾去，而变成不常见的丝车、匾、缸，又不断地公然地吃小食。

丝做好后，二叔唱着"要吃枇杷，来年蚕罢"，收拾丝车，恢复一切陈设。凤兰感到一种兴尽的寂寥，然而对于这种变换，倒也觉得新奇而有趣。

凤兰六岁了。天气热起来了。菜园中的一侧，新砌的篱笆棚中养着一只大白鹅。白天它会沿水井边到天井里走来走去，晚上回到鹅棚中。

这鹅是一个西山地方的朋友前几天送来的。这个朋友早些年的染布工钱因家贫拿不出来，爸爸对他说不要了，他今年不但付了染布工钱，还硬送来一只大白鹅。

鹅伸长了头颈，左顾右盼，爸爸心想："好一个高傲的动物！"凤兰一把抓住鹅的项颈，它就缩下去了。因为有爸爸在，她不怕鹅。

鹅的叫声，与鸭的叫声大体相似，但音调上大不相同。鸭的音调琐碎而愉快，有小心翼翼的意味；鹅的音调严肃郑重，似厉声呵斥。养鹅等于养狗，鹅也能看守门户。凡有生客来，鹅必然厉声叫嚣；甚至篱笆外有人走路，鹅也要引吭大叫，其叫声的严厉，不亚于狗的狂吠。狗的狂吠是对生客；见了主人，狗会摇头摆尾。鹅则无论对何人，都是厉声呵斥；要求饲食时的叫声，也好像大爷嫌饭迟而怒吼起来一样。

鹅的步态，更是傲慢了。这在大体上也与鸭相似。但鸭的步调急速，有局促不安之相。鹅的步调从容，大模大样，这正是其傲慢性格的表现。人们走近鸡或鸭，这鸡或鸭一定让步逃走，这是表示对人惧怕。所以人们要捉住鸡或鸭，颇不容易。那鹅就不然：它们傲然站着，看见人走来简直不让；有时非但不让，竟伸过颈子来咬你一口。这表示它们不怕人，看不起人，但这傲慢终归是狂妄的。人们一伸手，就可一把抓住它们的项颈，而任意处置它们。家禽之中，最傲人的莫过于鹅，同时最容易捉住的也莫过于鹅。

妈妈给鹅吃的是冷饭，一日三餐。它需要三样东西下饭：一样是水，一样是泥，一样是青草。妈妈又在冷饭旁边放上泥、水和菜叶等，有时凤兰在菜园里拔一些草给鹅吃。大约这些泥和草也各有滋味，是依着它的胃口选定的，这食料并不奢侈。但它的吃法，三眼一板，丝毫不苟。它吃了一口饭，要饮一口水，再吃些泥和草。因为附近的狗都知道鹅的主人大方，妈妈总是多放些冷饭给鹅吃，鹅吃饱还有剩饭。也都知道鹅的脾气，每逢它吃饱饭后就离开棚子出来走动，这时早就躲在篱边窥伺的狗就一跃而上，把剩饭吃个精光，有时一只狗还吃不完。因为邻近的狗很多，一狗方去，一狗又来了。邻近的鸡也很多，也常蹑手蹑脚地来偷鹅的饭吃。

鹅，不论它如何高傲，因看在物质上和精神上都有贡献，妈妈和凤兰都喜欢它。物质上的贡献是生蛋。它每天或隔天生一个蛋，篱边特设一堆稻草，鹅蹲伏在稻草中，便是要生蛋了。凤兰的哥哥站在旁边等候，凤兰更是兴奋。鹅生蛋毕，就起身，大踏步走进棚内，大声叫开饭。这时候哥哥把蛋捡起，藏在背后拿进屋子来，说是怕鹅看见要生气。鹅蛋真是大，有鸡蛋的四倍大呢！妈妈的蛋篓子内蛋积攒得多了，就拿来制盐蛋，炖一个盐鹅蛋，一家人吃不了的！望望那鹅，它正吃饱了饭，昂胸凸肚地在天井里踱方步，看景致，似乎更加神气了。但凤兰觉得，比吃鹅蛋更好的，还是它的精神的贡献。这一只大白鹅，用叫声点缀庭院，增加生气。

第二年的春天，妈妈把白鹅送给山底的亲戚，自己常去岩坦宫前与岩坦小学只隔一条路宽的木棚中的糖摊看摊儿。鹅送出之后的几天内，颇有异样的感觉。这感觉与诀别一个人的时候完全相同，不过分量较轻而已。原来一切众生，本是同根，凡属血气，皆有共感。

妈妈的糖摊，不但有红糖自制的糖粒，还有炒米糖、纸包糖等，也卖铅笔、圆珠笔、作业本之类的学生用品，因为小学生需要这些东西。妈妈的午饭一般在木棚中烧了吃。

时间过得真快，妈妈看糖摊已半年有余了。

凤兰与爸爸形影不离，常在染布坊中，与爸爸说说话，或看着爸爸忙碌着，都觉得很有味道。困了或时间晚了，就先睡在布篮子里，夜深

了,爸爸干完活儿就把她抱回房间。

　　凤兰喜欢爸爸的染布坊,因为染布坊中有爸爸在,家里太冷清了,妈妈白天常不在家。晚上,妈妈有时会问她一些问题,这些问题,她有的回答不了,有的不想回答。妈妈觉得自己的话,才算是真话,可是妈妈从来没有想过,她的话并不是女儿的话,她的话和女儿的话中间隔着二十余年的路途。妈妈是个有文化的人,有时会讲故事给女儿听,凤兰不是很认真地听,旁边聚集了十几个人都拍手叫好,而凤兰时常听着听着就睡着了。

第二章 上学

　　青春是生命中最美好的一段时光，是为一生奠定基础的时期。学习对于大脑，如同食物对于身体一样不可缺少。

　　读书给人知识，使人充实，使人聪明，使人眼界开阔。

　　老师是人类灵魂的工程师。

在岩坦区中心小学读书

　　凤兰八岁了，要上学了，父母叫她去读小学。总要认识字吧，父母都有文化，多好啊！凤兰上学的学校当然是岩坦小学，这时是1953年。岩坦村的小孩儿来岩坦小学上学，岩坦上三地的小孩儿也来岩坦小学上学，甚至黄南乡新龙村也有好几个小孩儿来岩坦小学就读。此时的岩坦小学校名是"岩坦区中心小学"。学校有一个刚刚建造的操场，比原来的操场扩大了好多倍，操场上新建了沙坑、单杠、双杠、篮球场。教室里的课桌、凳子都是修缮过的，上了一层油亮的油漆，连黑板也重新刷过了。

　　未上小学前，岩坦小学凤兰也来过好多回，都是爸爸担着染好的布来岩坦溪清洗，她跟随过来的。岩坦小学在岩坦溪边。爸爸在洗布时，她就来岩坦小学里走走看看，以前的岩坦小学的模样比起现在差远了。

　　可是她在最前排靠里的位置坐下之后，才渐渐发现了课桌上那层新漆没能遮住的虫眼和裂纹。

　　同桌叫戴美爱，同是岩坦村人。岩坦村人基本上都是戴姓人，是同一个太公爷的子孙。美爱是岩坦八房人，凤兰是岩坦外新屋房人。

　　二人在学校里是形影不离，一同上课，课间又一起休息或上厕所。放学时挽着手一路同行，吃了中饭再一起返回学校。下午放学后，凤兰

有时就到美爱家中玩许久才回家。

岩坦街南面一头的路口有五间三层楼，当时是岩坦街路边最高大的建筑，在一楼的边间有一个书摊。这里离岩坦小学只有三十几米的路程，离凤兰家也刚好三十几米的路程。这可是一处能让她内心可以有所寄托的好地方。

下午放学后，有时凤兰和美爱一起来到这个书摊前坐下。凤兰替美爱也付了钱，二人看几本书再回家。看书的钱是父亲给她的，父亲隔三岔五地拿一些零钱给她，叫她买糖吃。染布坊桌子的抽屉里有许多零钱，用钱时要拿一些也是有的。

书摊不大，书也不多，看来看去就是那么几本——画书的辉煌时代还要再等几年。书在很多人手里走过，旧了，厚厚地卷着毛边，书页上沾满了指痕和鼻涕痂。有《水浒传》《三国演义》《红楼梦》，还有那本永不过时的《三毛流浪记》。每一本凤兰都来来回回地看过了许多遍，她只是忍不住还想再看一遍。有时她把书摊在膝上，闭了眼睛仰着头，仿佛在想一件天大的心事。摊主见了忍不住问："你花了钱又不看，是为啥？"她笑笑，却不回答。其实她只是想把那些画儿刻在脑子里，深一些，再深一些。别人看画书是看故事，而她不是。故事只消看一遍就够了，画儿却不。画儿每看一遍，总会有新的发现。比如那头发丝的细节，那眼神里的韵味，那手势里的表情，那树叶尖上风的感觉，那裙子上流水般的皱纹……那些画面像一条一条细线，一闭上眼睛就来牵她的心，心给牵得丝丝地痒，心就有了着落。凤兰去书摊的次数远比美爱多。

凤兰在画的世界里找到了让她神魂颠倒的东西。

凤兰和美爱并不聪明，学习成绩一般，一直在及格和良好的中间地

带徘徊不前，可是她俩并不在意，就像她们对待许多别的事情一样。在听老师讲课的时候，她们从不吵架，却也不专注，眼神或远或近地瞟在一个谁也看不清楚的地方。

她俩很少主动和同学搭讪。她们像两座连岛静静地耸立在这个五十三人的班级中，总有水从四面八方涌来，浪花拍打在她们的礁石上。但是，一年级开课三个多月后，班主任对着全班同学说："凤兰和美爱同学团结友爱，真是我们大家学习的榜样。"

一天下午放学了，凤兰拐进巷口，走过门台到外新屋的道坦，远远就看见妈妈站在门口等她。外新屋很大，是二层楼房，正间七间，两横轩各七间，有一个很大的道坦，正屋横头东西各有一个天井。凤兰见到妈妈就说："妈妈，你今天去小学前糖摊了吗?"妈妈回答说："去了，今天回来比以前早得多啊!"凤兰进入家中，放下书包，就飞跑到屋后的染布坊中，看到爸爸忙碌着，正在夹夹被，凤兰使出所有力气帮忙，以使爸爸省些力。

这是春天里的一个星期天，天气已经很暖和。山间、原野，各种草木都在萌生，各种花都在竞放，中间包括许多不知名的、小得不显眼的野花。和煦的阳光使人精神焕发，乡间的春天吸引人们到户外去，看看迎春花盛开，或者闻闻雨后泥土的气息。这是一个非常适合外出走走玩玩的日子。

但是，凤兰早饭后都在染布坊中，与爸爸在一起，和爸爸说说话，最常说的一句话就是："爸爸啊! 你太忙了，你太辛苦了。"有时问爸爸靛青夹被的方法，今天赶巧爸爸正在夹夹被，正是凤兰学习夹被技术的好机会。

凤兰觉得有些累，就从染布坊中走到自家的天井里，坐在一张靠椅上休息，仰起头正好看到天井上空那银杏树的枝丫。这棵银杏树本来是生长在外新屋围墙外的，因为长得高大茂盛，所以好些枝丫已经伸展开来。

四月，正是银杏花开的季节。那些银杏花，不鲜艳，不耀眼，如害羞的姑娘，把自己藏在扇形的叶片间。然而，凤兰却非常喜欢这些银杏花，浅绿色的、浅黄色的，一小穗一小穗的，不张扬，但惹人爱。

进步了

　　凤兰的脸很圆,眼睛很亮,心肠很好,辫子特别长,挂到膝盖下,功课也常常得到老师称赞,说她什么都不错。可是就有一点儿胆小,还有一点儿好哭。比方,天一黑就不敢到院里去。老师说过没有鬼,她也知道院里不会有鬼,也不会有老虎和狼,可是说不上为什么,她就是害怕,不敢去。

　　有一天,学校里给同学们打防疫针,她老早就在心里对自己说,一定不要害怕,一定不要害怕。可是呀,看到护士从煮着的针盒里取出一个长长的针头的时候,她就害怕起来了。她瞪着眼睛,看护士装好了注射液,用酒精棉团在她胳膊上擦,接着那发亮的针尖就对准了她的胳膊,她突然"哎呀"了一声,就哭起来了。哭什么呢? 她自己也不知道。

　　凤兰很不愿意自己胆小,也怕别人笑她好哭,但是怎么办呢? 谁来给她出点主意呢? 妈妈只说:"别哭,别哭! 老那么哭,会把眼睛哭瞎的。"爸爸生气地说:"我就不喜欢胆小的孩子。"后来,倒是凤兰自己改变了。

　　凤兰后来在一次走亲戚时,看到几个与她年龄相仿的孩子是那样勇敢,想到别人那样有勇气,她就觉得应该做一个勇敢的孩子,于是胆子越来越大。

一天晚上,凤兰打了好几个哈欠,费了好大力气,才翻开数学练习本,慢慢在上面抄上:"岩坦粮食管理所昨天运到玉米 135 袋……"

写了这么一句她又停下了,她的心怎么也钻不进粮食管理所里去。但是,不知道怎么的,她却一点儿力气也不费就走进了她画画儿的场所。于是她从练习本上扯了一张纸下来,开始画堂姐戴凤仙的漫画,她故意把堂姐画得难看一些。首先是把堂姐的嘴画得特别大,这表示堂姐老爱说别人的坏话。随后她画了一个尖鼻子,这表示堂姐对人厉害。堂姐的鼻子本来有些尖,可是不像她画的那样尖。画完了,她觉得不像堂姐,就用橡皮擦了再画。画来画去,改来改去,结果画出了一个又脏又黑的大鼻子。这可不是她故意的。接着,她又费了很大力气,给堂姐添了一头乱糟糟的头发,简直成了一个鸟窝。她怕别人说这漫画不怎么像堂姐,就又在旁边写了几个字:"这是凤仙。"她想这样一来,别人就会相信她画的是堂姐,而不是另外一个女孩子了。最后,她在堂姐的嘴边添了两条线,在外面点了许多小点儿,还画了一个大惊叹号。不用说,这是表示堂姐教训人的时候的话。

嘀嗒,嘀嗒,嘀嗒……

闹钟的声音突然变得响亮起来。凤兰抬头看了看,六点五十五分了。那就是说,还差五分钟就是十点了,她连一道题都还没写完哩。她连忙又在本子上写了几个字:"……运到大米的袋数是玉米的 3 倍,共运到大米……"写到这里,她的眼睛又盯在堂姐的那张漫画像上面了。她忽然觉得堂姐有许多地方像教语文的王老师。王老师可厉害了,老喜欢拿眼睛瞪人,堂姐也老喜欢批评人。王老师说的话不好懂,堂姐也喜欢说新名词。当然她们也有不同的地方。

王老师常戴一副近视眼镜。堂姐可从来不戴眼镜。凤兰想,应该给堂姐添一副眼镜,这样她就更像一个小大人儿了,而且堂姐就会变得同王老师一样难看了。对,对! 就这么办!

凤兰自己赞成自己,一边给画上的堂姐戴眼镜,一边还得意地笑起来。

她这一开头,就来了劲儿。她在堂姐脸上画了眼镜,接着又在堂姐身旁画了一个铁甲武士,一头小黑熊,接着又是一只胖鸭子,一只小狗,许多木偶……后来她自己也不知道到底画了多少木偶。她画了又画,想让这些木偶演戏。

"嘀嗒,嘀嗒,嘀嗒……"闹钟又大声叫起来。这一次的声音比哪一次都大。

凤兰刚一抬起头来,还没看清楚是几点,"咔嚓"一声,闹钟背后的铜壳突然自动弹开了。凤兰迷迷糊糊还没有来得及想明白这是怎么回事,接着一个小人儿从闹钟里走出来了。那个小人儿很生气地冲着凤兰喊叫:"气死我了,气死我了!"

凤兰觉得过去好像在童话里看见过这么一个小人儿似的,他戴一顶尖帽子,穿一套下身连在一起的方格花衣服,就像马戏团里的小丑。他的嗓子很清亮,脸长得像小孩儿,可是又有些胡子。凤兰想,他一定是"时间",一定是看见我老画画儿生气了,就连忙解释:"我才画了一会儿……"

时间小人儿摇摇脑袋:"你骗人,你当我不知道你在干些什么坏事啊!"

凤兰有些着急,说:"真的,我不骗你。我没有干坏事,我就是在画画儿。再就什么也没有干。确实，我画画儿太投入了，时间太长了，我马上就要做数学作业了。"

时间小人儿还是一连摇着脑袋："我不信，不信！你还干了一些什么坏事？快告诉我，告诉我！"

凤兰生气了，说："干吗要告诉你，你管不着！"

"就管得着！"

"就管不着！"

"就要管！"

"就不许管！"

他们两个你一句、我一句地吵开了。后来小人儿气极了，好像要哭的样子，说："好，我就不理你了！我马上就走！以后你爱干什么就干什么。你不让我管，我还早就不想管了哩。我陪着你把我都气坏了。你以为我不会玩儿，我不想玩儿？现在我也要去玩儿。再见吧！"

时间小人儿一边说着，一边从闹钟里取出了几个齿轮，很快就用齿轮拼成了一辆自行车。他轻轻一跳就骑上了自行车，脱下帽子，对凤兰扬了扬，说："我走了。"

凤兰想说什么，但是她还没有来得及说出口，时间小人儿就马上接着又说："我再也不回来了。不过，不过……除非将来你求我回来，我才回来。再见，再见！"

说完，时间小人儿就骑着自行车冲到窗台上，像杂技演员似的沿着窗框一直往上冲。嗖！他一下就从烟囱里冲出去了。

凤兰醒过来了，闹钟的嘀嗒声没有了。凤兰拿起闹钟来，使劲摇了好几下却还是没有声音。她敲了敲那两个铃，也没有声音。闹钟根本

就哑了。

凤兰想:"这下可糟了!要是爸爸妈妈说我弄坏了闹钟,那怎么办……"

凤兰大惊,埋下头来不但做完了数学作业,连其他的作业也都做完了。

山野之乐

又到星期天了，一大清早，凤兰来到美爱家，想约上美爱一起到山里摘粽叶。因为端午节近了。

凤兰和美爱一起进了山。

啊，山里的枣花，开得好漂亮啊！这些不起眼的枣花，黄绿黄绿的，像一颗颗害羞的小星星，安静地在枣叶间绽放，美爱似乎忘了自己进山是来摘粽叶的，俯下身来，细细地打量着这些枣花。她伸出手来，轻轻地抚摸着它们，还把鼻子凑近枣花，深深地吸着气，似乎想要把这淡淡的清香永远留在心间。

凤兰回过头来，看着陶醉在枣花中的美爱，笑了。等美爱从那一片枣花中回过神来，凤兰已经摘了半袋子粽叶了，不过，那些粽叶都是放在美爱的袋子里。望着凤兰，美爱不好意思地笑了，仿佛在说："抱歉啊，我忘了摘粽叶了。"

凤兰微笑着，把手里的粽叶放进美爱的袋子里，仿佛在告诉她："没关系，你继续看你喜欢的东西，我来摘。"

美爱打着手势说："我们一起摘粽叶吧！"

该吃午饭了吧，美爱觉得肚子在咕咕咕地叫。她捂着肚子，调皮地笑了。凤兰明白她的意思，把手里的几张粽叶放进袋子里，坐下来，准

备吃午饭。

饭后喝了纯天然的山泉水，两人便又开始摘粽叶了。

装粽叶的两个袋子里，都装满了。

因为每人背着一袋子粽叶，她们在路上停下来歇了两回脚。回到家里，天已近黄昏了。

凤兰把摘回来的粽叶都一一洗干净。

离端午节还有两天，但是包粽子的准备工作已经做好：捆粽子的麻线儿、洗得干干净净的粽叶、泡软了的糯米、切成丁儿的腊肉、豆沙、浸泡的蚕豆都已有了。翠妹与女儿凤兰都笑了。

翠妹示范包粽子：取两片粽叶，折成漏斗状，然后把拌好调料的糯米舀进漏斗中，把粽叶盖过来，包好，裹紧，再用麻线儿或棕叶丝儿捆紧，一个粽子就包好了。

坐在一旁的凤兰，专心地看妈妈包了好几个粽子，就也学着包了起来。可是，不管她怎么捆，也捆不紧粽子，急得她直咧嘴。

"别着急，这事儿是急不来的，你越急，就越捆不好，要慢慢来……"翠妹一边说一边耐心地手把手教凤兰捆粽子。

终于，凤兰捆好了一个粽子，她开心地喊道："哇，这可是我包好的第一个粽子哦，真的好神奇啊！"

翠妹与女儿凤兰包的粽子，有豆沙粽、蚕豆粽，还有腊肉粽。

端午节这一天，凤兰背着书包，带着许多粽子去学校，送给同学们。听到他们纷纷称赞"这粽子真好吃，谢谢"，凤兰心里感觉暖暖的。

五月，大片大片的金银花开了，绿色的藤蔓上盛开着一小朵一小朵白色或黄色的小花儿。它们翻卷着花瓣儿，吐露着花蕊，散发着淡淡的清香。

星期天，清晨，凤兰约上美爱，提着小袋子，到山里去采摘金银花。金银花有清热解毒的功效，人们喜欢把它们晒干来泡茶喝，金银花是许多人家中的常备药。

来到山里，凤兰和美爱直奔金银花多的地方。她们俩多次来过这里，所以，两人在这山里逛，就像在岩坦街上逛一样，哪里有什么，哪里没有什么，都心中有数。

金银花是藤本植物，藤蔓缠绕在周边的灌木或高大的树木上。凤兰把那些开在低矮处的金银花留给美爱，自己很费力地去采摘高处的金银花。

"哎哟——"美爱尖叫一声。原来，美爱滑进了刺丛里。

在高处采摘金银花的凤兰，一听到美爱的尖叫声，就从高处一跳又一跳，直扑到美爱身边，仔细地观察这丛刺藤。凤兰想了想，示意美爱不要动。这时候的美爱，只要一动，便会有被刺痛的感觉。她只得听凤兰的话，躺在原地不动。

凤兰用随身带的刀，砍断美爱身边的刺丛，迅速地手脚并用把刺丛踢压到一边，然后咬咬牙，果断地走到美爱身边，伸出双手，把美爱拉出来。

美爱没有再受到刺丛的伤害，然而，凤兰的腿上和手臂上，却留下了刺划的伤痕，有几处还出血了。

美爱从口袋里掏出毛巾，递给凤兰。凤兰接过毛巾，没有擦自己腿上和手臂上的血，而是替美爱擦手臂上的血。这些年来，凤兰一直把美爱当亲姐妹看待，美爱也把凤兰视作亲姐妹。

快到中午时分了,凤兰和美爱分别背着一小袋金银花回了家。

山坡上的迎春花开了,满树满枝头的小黄花,一小朵一小朵的,开得非常热闹。

放学路上,凤兰摘下一些迎春花枝,做了一个迎春花环。凤兰来到小溪边上,蹲下身来,看着倒映在小溪中的影子,打量着自己清瘦的脸庞,笑了,笑得很甜。

凤兰做了好几个迎春花环,带回家放在家里和染布坊中。

这一天,凤兰吃了中饭,来到岩坦街路边等着美爱一起到学校。凤兰的眼睛紧盯着岩坦街北面这一头——美爱去学校的必经之路。过了好一会儿,远远地看到美爱来了,凤兰赶紧朝美爱跑去,从荷包里掏出一团浸着油渍的纸,然后小心翼翼地打开。啊,几块排骨出现在美爱眼前。原来,中午,凤兰家的午餐有美味的糖醋排骨,凤兰趁爸妈不注意,夹了几块,用纸包起来,放进了荷包里,她想给美爱带几块香喷喷的排骨。

"吃吧!"凤兰把糖醋排骨递到美爱嘴边。

美爱一边啃着排骨,一边憨憨地笑着。两人牵着手一起慢慢地向学校走去。

下午课后,凤兰和美爱要搞卫生,因为遇上学校集合,操场上的垃圾比平时多了一些,一起搞卫生的几个调皮男生早早地溜了。做事认真负责的她们,只好继续清扫操场上的垃圾,等把操场上的垃圾清理完毕,学校里几乎没有学生了。

星期天,凤兰吃过早饭,独自来到染布坊外,在一丛指甲花旁边坐下来。凤兰摘下一朵指甲花,放在指甲盖上,轻轻地揉啊,揉啊。指甲

花的汁儿被揉了出来,染在凤兰的指甲上,淡淡的紫,很漂亮。凤兰又摘下一朵指甲花,放在另一个指甲盖上,轻轻地揉啊,揉啊……

美爱来了,坐在凤兰旁边。她给凤兰带来了熏豆腐,这也是凤兰非常喜欢吃的。

教数学课的朱老师

一天,上课铃响过许久,仍不见老师来上课,同学们便交头接耳,喊喊喳喳,弄出好多声响,凤兰和美爱也都朝向门口看着。终于,校长带着一个陌生人走了进来,大家便戛然消了声息。

那陌生人随校长朝讲台前走,右脚一跳一跳的,跛得很厉害。大家并不笑,仅觉得蹊跷。

校长说:"同学们,你们的数学老师调走了,又给你们请来一位新的老师。喏,就是这位朱老师。"校长边说边拍那陌生人的肩膀。于是,大伙儿的视线便被引到那肩上,那肩竟是一高一低。

校长介绍完,又叮嘱几句便跛出门去。朱老师抬头望一望大家,想说几句什么,但终于嚅一嚅喉结,将要说的咽了下去。

"同学们,请翻开课本第四十五页。"这竟是朱老师的开场白。

大家哗哗地翻到第四十五页,见正是前任老师讲到的地方。再看讲台时,朱老师已一手扶着黑板,一手极吃力地写着板书。他那条腿被上攀的身子提起来,一荡一荡地晃着。同学们便哗地笑出声来。

在同学们的笑声中,朱老师不露声色地写他的字,字写得很稚拙,却一丝不苟。同学们便觉得笑得没道理,静下心来,等朱老师讲课。

他写罢一段板书,转过身来,双手撑着讲桌开始授课。他的声调滞缓而低沉,似压抑着无尽的悲伤。

下课了,他仍在讲台前站着,直到再没有学生从门口走过,他才一跳一跳地挪出教室。

等他挪远了,同学们竟说:"怎么是这样的老师来上课,让人看着忒难受!"

朱老师不仅教这个班级的数学课,还教音乐课。于是,一天便有几次看到朱老师一跳一跳地上讲台,双手撑着讲桌授课。

这天,有人在讲台上放了一把木凳,并在讲桌上压了一张字条:朱老师,请您坐下讲课吧。这是凤兰同美爱商量后一起做的。

朱老师看过字条,脸倏地红了,红了很久很久。他直视着大家,眼里喷着严厉的光。但终于没有发作,他一跳一跳地把那木凳搬到一角,仍撑着讲桌站着授课。同学们便不敢吱声,极认真地听讲。

一下课,朱老师便踱进他的办公室,将门关严实,不和学生多说一句话,笑脸自然是更难看到!

那日,他来上音乐课。他提着一把二胡踱上讲台,将角落里那方木凳搬到中央,跷腿坐下以后,说:"今天给大家拉二胡,大家若都爱听,以后便教大家。"

他咕咚咕咚弄几下,便一头扎下去,拉出极动人的声响。

他说"我拉一支《听松》",便拉出古松的苍郁和不屈。他说"我拉一支《江河水》",便拉出洪水一般的混浊和呜咽。他再拉《二泉映月》时,大家就都想哭。教室内早氤氲着浓浓的悲凄。不知谁说了一句:"看,朱老师哭了!"大家便果然见到两颗泪珠在朱老师脸上缓缓地淌落。于是,大家便都哭,哭得满教室嘤嗡如潮。

　　大家哭够了,都觉得二胡真是太神奇,便呼啦一下将朱老师围住了。这时,朱老师的脸色清澈如水,极为平静。虽还在课上,但大家早就没了怯性儿,依次用手去摸那弦,于是便有了师生间久违了的亲近。

　　此后,凤兰他们对朱老师的身世更加好奇,也终于知道了一些情况。原来朱老师的家在山外的镇上,他是师范学校里的高才生,但因为身体原因,好几个学校的校长不愿意接受他,岩坦小学的校长却很欢迎他。朱老师到学校任教后,布置办公室的第一件事便是写了一幅大大的字:身体是革命的本钱。

　　后来,凤兰和美爱在他办公室里果然见了那几个字。那字写得极不守规矩,撇、捺极放肆地拉得很长,像发泄着什么。

　　凤兰把这些告诉了一些同学,大家都为朱老师惋惜,便觉得他的阴郁和古怪是应该的。

　　朱老师的二胡拉得好,使得大家对音乐产生了极大兴趣。他很是兴奋,就极认真地教。于是,不知不觉中,学生们不仅学会了识简谱,还学会了许多歌儿,他们在放学路上尽情地唱,唱飞了一群又一群在静寂中安栖的野鸽。乡亲们也觉得那歌儿好听,也跟着哼哼,日子久了,便也哼出调子。有几个村民竟找到朱老师,要他专给村上写一首歌。朱老师并不推托,很用心地写成了。那歌儿是这样的:

　　山村如珠倚山落,

　　溪水如银流村旁。

　　都夸这里无限好,

　　天也亮来人也靓。

　　这其实是浅俗的句子,但配上婉转的曲子,终于把山村老小唱得喜笑颜开。

从此，朱老师便有了被山里人拥戴的资格，每有青菜山果的时候，乡亲们就打发学生往朱老师屋里送。年关迫近的时候，朱老师屋中的桌上堆满了年糕、腊肉、柑橘等。有一年年关，朱老师东西太多，竟带不走，一位乡亲便叫了一副挑担送他。临了，朱老师握着挑担大叔的手说："您老回去跟乡亲们说，放心将孩子们交给我，我一定好好待他们！"

接着，春天一开学，他便办了两件事。

第一件事便是把羁在家中的病残儿童请出来上学。

家长说："朱老师，您莫操心了，山区里好胳膊好腿的都难学出出息来，甭说是残疾人！"朱老师的脸苍白下来，很久才说："残疾人天地小，若不多识几个字，山外世界便一辈子也弄不清。"看着他跛着腿，一次又一次地走家串户，便有人说："朱老师这人不错，送孩子去吧。"

第二件事便是自费买来许多药品，给学生当保健员。

因为这，凤兰和美爱及这个班级中的其他同学都更加喜欢这个跛脚老师了。

一天，凤兰对爸爸说："爸爸，这个星期天晚上叫数学老师朱老师来喝酒吧！"爸爸说："好啊！你请他吧！"

星期天晚上，朱老师果然来了。爸爸很高兴地说："朱老师，您辛苦了，自从您来了以后，我女儿的学习成绩明显进步多了，真是谢谢您！今晚多喝几杯酒吧！"爸爸很高兴，同朱老师一杯杯地饮。朱老师好酒量，在爸爸面前并不惧怯，爸爸便更加尽兴。

临了，两人均有几分醉意。

进入岩坦中学读书

1959 年下半年,凤兰进入岩坦初级中学读书。

岩坦中学与岩坦小学距离很近。凤兰从家里到岩坦中学比到岩坦小学近得多。沿岩坦街向南走,先到岩坦中学,再走三四十米才是岩坦小学。

岩坦中学有潘坑、黄南、张溪、鲤溪等乡的学生,学校比岩坦小学大一些,操场也大得多。

初一年级有甲、乙两个班,凤兰与美爱同在初一(乙)班,这个班级有八个女同学,只有戴雪英一个同学是住校生,她是杏吞村人,来岩坦中学要走上十五里路。

戴雪英与凤兰是前后桌,两人很合得来。一天放学后,凤兰拉着雪英的手一起到自己家里,先在爸爸的染布坊中玩了许久,并留她吃了晚饭,之后雪英才回去。

雪英知道凤兰和美爱是好朋友,三个人在课后经常在一起,并且无话不说。

语文老师的良心

　　凤兰读初中时的语文老师是徐老师,他个子不高,貌不惊人,可粉笔字写得真是太美了。听说徐老师文章也写得极好,曾有多篇在报刊上发表过。他知识面广,讲课风趣,因此课堂上常常笑声一片。有一次上课,他向学生提了一个问题,一个学生用当地方言回答。答后,他笑笑说:"叽里呱啦的,一片鸟语花香。"惹得一教室的人都笑了。

　　他还有一绝,就是作文课上的范文绝不在书上找,而是即兴随口作出,一篇又一篇,流畅通顺,一点儿也不拖泥带水,常赢得同学们阵阵掌声。而他呢,则站在黑板前,笑眯眯的,很是得意。也就在那时,凤兰的写作水平有了很大的提高,这个班级,也成了全校有名的"作文班"。

　　然而,他当时的工作境遇并不如意。

　　他刚调到本校时,除教语文课之外,还兼任年级组长。他所教的班语文成绩一直处于年级第一,年级组工作也很出色。他十分高兴,在教学年度自我工作总结中写道,本学年本人成功处有三:"一是年级组工作处于第一;二是所教班级语文成绩处于第一;三是发表文章有好几篇。"

　　可是,第二学年,在没做任何解释的前提下,学校免除了他的年级组长职务。至于原因,他不清楚,据知情人透露,领导说他"狂妄"。

　　随后,他结了婚。妻子是同事,夫妻俩只有一间房,既是卧室又是

书房还是厨房,很不方便。恰在这时,校家属楼空出一套房来。他很高兴,忙到银行贷了一笔款,兴冲冲地去找校领导。校领导说需要研究研究。而在他回来老老实实等候消息时,房已被别人住了,而且是一个并不急需房子的单身青年。

当时,他已给班里的同学说好,请大家第二天帮他搬家里的东西。当凤兰他们去问时,他满脸通红,期期艾艾了半天才说了一句"百无一用就是我"。

从那以后,同学们才窥测出他心里也有委屈。他不是圣人,也有血有肉,有七情六欲,有不满、痛苦和失意。三年来,在他的辅导下,他的学生的文章在报纸上两次发表,甚至在各种征文比赛中获了一次奖,可他从未得过学校一次表彰。有时理所当然的表彰似乎触手可及,可总是和他擦肩而过,这让他很沮丧,也让我们很不平。但在凤兰的记忆里,语文徐老师从未把自己的不满带进教室,也从未因个人得失敷衍过一节课,甚至是自习课。

在凤兰他们即将毕业的最后一节语文课上,在下课前他做了即兴发言,说:"同学们,你们要走了,我送你们几句话吧——教师,即使有一千条一万条理由怠工,但都有一条理由不能怠工:不能耽误学生。想想,我们不流血不受罪,让百姓供养,他们就是我们的衣食父母。所以,任何时候我们都不能耽误了他们的子女。这是一个教师良心的底线,超出了这条底线,就不配做教师!"

从此,凤兰知道,每一个称职的教师的灵魂深处都有一粒种子,这粒种子就叫良心。十几年过去了,他也不知调到哪儿去了,但一想起他,凤兰就感到,徐老师真是好老师。

春燕归来

　　春天迈着灵巧而蹒跚的步子来了，那一群群身着燕尾服的燕子，也就潇洒地从南方回家了。山村是燕子的家，山村因此增添了诸多风景与情趣。

　　你看那燕子，光滑精美的栗色翎羽，雪白无瑕的胸毛，剪刀似的长尾巴，黄黄的嘴巴，机灵的眼睛，敏捷活泼的神态，再加上爱与人为邻、以人为亲的脾性，真可谓活脱脱的春之精灵。那燕巢是恩爱成双的燕子用口衔的泥巴和草屑，再混上自己的唾液一点一点砌成的，多筑于农家正屋中间或堂屋楼板下的横梁上。那是因为中间是这座屋的住户共用的，摆酒、唱词都在此，就是大家晒谷的谷簟也放在中间，白天中间的门一定开着，燕子灵性，当然知道白天这里进进出出畅通无阻。燕巢的样子就像半个泥罐、半个碗，像是粗糙的工艺品。巢筑成了，再从外边叼来一些碎草和羽毛铺垫一番，就可在其中哺育子女，尽享天伦之乐啦。燕子剪刀般的尾巴飞舞着，伴随那优美的旋律，剪掉多少深冬的寒冷，剪来多少崇尚春天的梦幻，剪得春雨细细柔柔、如丝如缕、洋洋洒洒；剪得绿草如织、溪涧潺潺、翠柳飞舞；剪得山里人唱起粗犷的赶牛调，躬身耕耘。

　　清晨的山乡素雅、恬静、温馨，绿油油的麦田，葱郁繁茂的树木，还有袅袅升腾的缕缕炊烟……仿佛是披着薄薄轻纱、朦朦胧胧的一场梦。睡醒的燕子展开双翅，轻盈地飞出窝巢，一只、两只……叽叽喳喳的叫声划破山野的寂静，一会儿工夫，绿树丛中，农家屋顶，到处都是燕子飞翔的身影。这些可爱的小燕子，时而在蓝天中上下翻飞，冲散片片白云和缕缕炊烟；时而栖落屋顶、门前，轻松漫步，悠闲地四处张望。有时，远处长长的电线上布满黑色的密密麻麻的小点，像一串歌唱山乡风光的五线谱，又像一排刚上学的孩子在听口令做早操，那景致，真是别有一番韵味。

燕子恋人，恋家。不论贫富，不管房子高矮，只要选中谁家，在谁家筑了巢，明年春天必定不远千里万里，不顾风雨飘摇，历经磨难，继续回到老房东家。进门一看，那屋梁上的燕巢也必定保存得完整如初。相传春秋时吴王的宫女，曾剪去燕子的一只脚爪，检验燕子明年是否如期而归。这残酷的办法是对燕子品德和能力的一种侮辱。山村虽然每年都有新燕子来，可主人与新燕子的父母是旧相识、老邻居。燕子与农家相敬如宾、相处和睦，共同度过每年这段美好的时光。

春天是农家最繁忙的时节，庄稼人天一亮就下地，耕田、播种、除草，如果遇上旱天更是累上加累，只好没白天没黑夜地辛勤劳作。这个时候，到山村看看，你会发现一个奇特的现象：许多农户家的房屋内间紧锁着，而堂屋的门却大敞着。原来主人担心妨碍燕子进进出出，下地劳动时，干脆把堂屋的门开着。谁家住着燕子，谁家就把堂屋的门开着，谁家就有福气和吉祥，就守候着丰收和喜庆的消息。

那是个非常安谧的星期天上午，春风轻拂，吹在身上暖洋洋的。凤兰坐在天井里的银杏树下静静地读书，忽然一阵燕语由远而近。住在家中的那窝活泼伶俐的燕子外出觅食归来，在进屋之前先栖落在小屋边那棵柿树上，兴奋地讨论着什么。那话语一句接一句，又急切，又欢快，像一群春游归来的小学生，喋喋不休地争着诉说所见所闻。老燕子看着小燕子日渐老练，心情激动，飞上飞下，手舞足蹈。凤兰听不懂它们的话，但分明感受到它们的快乐。她目不转睛地欣赏着，突然，有只小燕子竟然悄悄落在凤兰学习的桌子上，她屏住呼吸，小心翼翼地端详着，忍不住微微地笑了。与这小精灵如此近距离接触，确实让她十分激动，紧张和欣喜迅速传遍了她的每一根神经。凤兰看清了它的每一根羽毛，只见刚刚长出的乳毛细细密密的，黑白相间。小燕子眼睛黑黑的、亮亮的，嘴唇黄黄的，小脑袋摇来摇去，还用嫩黄的小嘴巴啄了几下凤兰的书本，透出几分天真和调皮。那叽叽喳喳的叫声，是在问她什么？还是想告诉她什么？她们没法儿用语言沟通，但她读懂了小燕子单纯、友善的目光。凤兰鼓鼓嘴，轻轻地吹着口哨，它竟然高兴地点点头。她们像是一对好朋友，用彼此的真诚和善意守候这短暂而美妙的时光。在那充满快乐和感激的对视中，凤兰感到异常轻松，心中沉积了多日的疲倦和郁闷，竟随着小燕子的身影飘散了。

春天的山间田野，花争红，柳吐绿。燕子们争相展示优美的舞姿，感受着春光的爱抚和生活的乐趣。它们与人和睦相处，捕食昆虫，保护农作物，守候农家的收成。凤兰还没出过远门，对外面的世界一无所知，很羡慕小巧的燕子志向高远、见多识广，可以与风儿对话，与百鸟交流，仰视宇宙，俯察万物，看尽崇山峻岭、山川河流、人间沧桑，想来它们那小脑袋里一定装着无数的趣闻。它们生活简单，在可信赖的人家屋里垒一个巢，就自由自在地生活；秋天，它们携带子女迁徙到温暖的南方；

春天来了,它们便又飞回风和日丽的北方。一生专挑好地方。

燕子是鸟类家族中典型的"游牧族"。为了生计,它们必须带领子女跋山涉水、长途旅行,抵抗暴风雨的淫威和烈日的暴晒,甚至耗尽生命。因而燕子更懂得珍惜生活,一旦安顿下来,总是恩爱和睦。燕子从南方回来不久,小燕子就出生了。这时的老燕子异常勤快,忙着捉来各种各样的小虫子,有时一嘴能叼来好几只。老燕子刚飞进屋,几只小燕子就张开黄黄的小嘴,叽叽喳喳地叫喊争抢。小燕子吃饱了就开始撒娇,头在老燕子身上拱来拱去,然后安静地睡觉。小燕子渐渐长大了,应当学会飞了。一只小燕子胆子特别小,别的兄弟姐妹都会外出觅食了,而它仍然胆怯地叫着,扑棱着翅膀就是不敢从巢里往外飞。燕子妈妈急了,一翅膀把它打出了燕巢。谁料这只小燕子忽忽悠悠地飞了几下,掉在凤兰家堂屋的地上。这时小燕子急了,咧着嘴大声尖叫着,恳求妈妈解救。老燕子担心孩子受到意外伤害,惊恐万分,叫声近乎凄惨和绝望,一边在屋里七上八下地翻飞着、示范着,一边急切地催促着、鼓励着,竟几次想把小燕子叼起来。小燕子急中生智,扑棱了几下翅膀,飞到小屋外,落到柿树上。老燕子见小燕子有惊无险,欣慰中又透出一分难割难舍。小燕子的飞翔和独立是老燕子的殷切期望,也是孩子脱离家庭,走向独立的开始。燕子们就是这样在聚与散、别与离之间一辈辈承接和繁衍。

燕子最体贴人,最关心人,从不给农家添麻烦。窝里的垃圾一点点地叼去野外,从不在屋里留下任何脏物。凤兰不知道这些,叫她的父亲在燕巢下挂了一个斗笠,生怕燕粪等脏物掉下来,实际上多此一举。

主人在家时,燕子躲在燕窝里呢喃细语,温文尔雅。天要下雨了,

燕子们总是喳喳叫着，低飞盘旋，提醒人们出远门别忘带上蓑衣或雨伞。即使下雨天羽毛被淋湿了，它们总是在进屋之前先抖抖翅膀。一场秋雨一场寒，燕子们必须在霜降前飞往南方。它们不愿惊动邻居，总是选在夜深人静、明月当空的夜晚迁徙，走得无声无息，不留任何声响和只言片语，甚至连一根轻柔的羽毛也不留下……只把一种期待留下，把一种美好的记忆留下。

上了年纪的人总是盼着儿女早早像小燕子长硬翅膀飞上蓝天，然后又盼着孩子像飞出的鸟儿常常回归母巢团聚，你一言我一语诉说辛酸与幸福。在外的人离乡久了，见到回归的燕子，胸中自然涌动思乡、盼乡的情感，渴望如同燕子年年飞走、年年回来。叶落归根，总得回到自己的旧巢。"无可奈何花落去，似曾相识燕归来。"冬已过去，春暖花开，感恩重情的燕子，又该义无反顾地飞回老家了……

读书是好事

岩坦街原来的书摊上只有连环画，现在可就不同了，里间和外间都摆了几个书柜，柜中摆满了小说、散文、诗歌……有现代的，有古代的，还有毛主席的著作。虽然是同一个地点，但现在叫书店了。

书店门面不大，但位置很好，在岩坦街上，离岩坦小学远些，离岩坦中学一箭之遥。书店和读书，在大多数人眼里是很宁静和美好的，正应合了天时、地利、人和，书店虽小，一时间竟有好多顾客。衣食可以简单，但书总是要读并且要买的。凤兰对书店的一本画册一看就喜欢上了，买来经常临摹，依样画葫芦，有时一画就一个多小时，爱不释手。

宋朝皇帝赵恒的一段顺口溜，将读书的"好处"彰显无遗：

富家不用买良田，书中自有千钟粟。

安居不用架高堂，书中自有黄金屋。

出门莫恨无人随，书中车马多如簇。

娶妻莫恨无良媒，书中自有颜如玉。

男儿欲遂平生志，六经勤向窗前读。

至于民间的说法，那就更多了，诸如"朝为田舍郎，暮登天子堂""洞房花烛夜，金榜题名时"……由于读书的好处有很多，"悬梁刺股""凿壁偷光"的读书精神向来为人们所尊崇，并成为普通百姓都可以理解和接受的行为；同时"万般皆下品，唯有读书高"，也早已化为中国文化的重要信条。时至今日，读书已经"从娃娃抓起"，从幼儿园、小学、初中，直到高中、大学……择校之风愈演愈烈。但在某种意义上，中国人又是最不重视读书的。从古至今，人们之所以刻苦读书，大体上是因为"知识"能够"改变命运"；而当读书不再能够改变命运，或者说命运的改变不再需要读书时，还有多少人愿意花大把的时间，特别是在闲暇时间去读书呢？

不同的读书态度缘于不同的读书目的。

中国人读书一定是要有用。说"读书无用"或"书到用时方恨少"，都是为了一个"用"字。即使有"雪夜闭门读禁书"的美妙，也是为"禁书"所引诱。

张元济先生曾留下一副对联：

数百年旧家无非积德，

第一件好事还是读书。

然而遗憾的是，时至今日，中国人除了满足于直接"功用"目的外，的确还是不太爱读书或并没有养成超越功利目的而读书的习惯。

看 日 出

刺耳的闹铃声把凤兰唤醒了，一天又开始了。

由于一心惦记着看日出，凤兰觉也睡不踏实。

凤兰来到天井里，一轮明月正高挂天幕，天井上空那些银杏树的枝条和叶子在晨风中摇晃着，仿佛是在招手致意。

感觉在黑暗中度过了很长时间，天空终于露出微薄的晨曦。放眼望去，远方岩坦后山顶出现一抹红晕，并且不断将那红泼洒到山尖，使山的色彩也丰富了许多，尤其是增加了几分妩媚。然而片刻间，恰恰就在前方山顶上，在有可能爆发美丽的地方，却不知从哪里钻出一些灰色的云团。云团奇形怪状，如崇山峻岭，如怪兽野马，或面目狰狞，或笑里藏刀；有浓有淡，有高有低，但错落有致地紧贴着山顶排列着。如果不是影响观赏日出，单这些云团也是不错的风景。然而此时此刻，它们却成为凤兰最为憎恶的对象……

抬头仰望别处，晨曦中的天穹纯净得如同平静的湖面，没有一丝云彩或其他杂质，除了几颗仍不舍得离开的星星。为何在太阳升起的地方偏偏涌现出这些奇怪的家伙？它们是受东海龙王派遣，专门来此行妖作法，还是承南海观音之托，为了考验人们的耐心与意志？

正当凤兰多少有些郁闷时，不知从哪里飞来了一只喜鹊，上下盘旋、左冲右突，似乎要努力展示它那优雅的身姿和一个比一个漂亮的动作；或者，如同剧场休息时的小插曲一样，是为了缓解凤兰焦急的情绪？

大地在醒来，熟睡的人们也开始醒来。天空更加明净了。在明净的天空下的天井里，凤兰不再孤单，因为已有四五个人陆续来到天井里，他们和凤兰一样眺望东方，期待日出时那摄人魂魄的美丽。奇形怪状的黑色云团仍然在移动、在扩展，并且似乎像与人们比赛一样向前追赶着。但过了一会儿，云团前部边缘接近山顶的地方，却不时放射出一丝丝耀眼的光芒。那光芒经常被急急赶来的云团吞没，并且或许由于映衬关系，那些阴晦与明亮、美丽与丑恶在较量。

凤兰默默地等待着、期盼着！天井中所有的人都在等待着、期盼着，都默不作声地注视着眼前发生于括苍山脉中的"没有硝烟的战争"；甚至连松涛仿佛也屏住呼吸，静等局势明朗化……突然，在云团的一个圆孔中，喷射出千万道金光，那光亮顿时将山顶染成一片橙红，东方的天空刹那间犹如一幅色彩斑斓的油画。

人们大大地松了一口气。或许为了加倍回报人们的期待、感谢人们的厚爱，太阳又腾地一跳，完全摆脱了云团的控制，展现出它全部的微笑和美丽。天空灿烂无比，整个山头被绚丽的光辉所笼罩；同时那些曾经摧残过、压迫过太阳的云团，也因镶上了一圈金边似乎变得温和而含情脉脉。

人们为光明胜出而欢呼，为东方日出的美丽而兴奋，同时也为太阳的宽宏大量所感动。

"太阳照常升起"，这是亘古不变的寻常。然而，面对这每天都会发

生的寻常,特别是当这种寻常以一种特别的方式表现时,人们不仅会对时间流逝、对生命降临由衷感悟,而且还有对希望与梦想、伟大与神圣的深刻体验。凤兰猛然醒悟,东方日出,确实美丽。

凤兰想,下次要把美爱和雪英约来一起看日出。

中秋桂香

染布坊石阶两边生长着五株枝叶碧绿的灌木丛。凤兰愈是走近，香味愈浓，凑近些看，椭圆形叶片间，隐藏着许许多多橙黄色的小花，宛若金粟，又似夜空繁星点点。

桂花开了，秋天真的来了。

与其他诸多花卉比较，桂花很有些独特：花朵很细小，隐藏于绿叶丛中，夹在叶片的梗与枝条之间，如果不注意，根本不见花开。然而细小的花朵却又能不断散溢出异常馥郁的香气，沁人肺腑、令人陶醉，并且可以随风飘很远很远。宋代大诗人范成大有诗赞道：纤纤绿裹排金粟，何处能容九里香？

桂花喜欢温暖。据记载，桂树原产于我国喜马拉雅山东段，野生的主要分布于四川、云南、两广以及湖北等省区；经培育，生长地依然以长江以南为主，浙江省各地都有桂树生长。

永嘉县桂树很常见，岩坦就有好几株桂树。凤兰今天第一次明白这就是鼎鼎大名的桂花树，并深为其香味所吸引、折服。

桂花"大名鼎鼎"，主要是因为毛主席的《蝶恋花·答李淑一》，其中写道："问讯吴刚何所有，吴刚捧出桂花酒。"相传汉朝山西人吴刚，跟着仙人修道犯了错误，于是被惩罚到月宫中去砍桂树。树高五百丈，每

日砍，每日合，所以总是砍不倒。古人不原谅他，使之生命不息，砍树不止。桂花酿酒，中国早已有之。战国时期诗人屈原《楚辞·九歌》中就有"援北斗兮酌桂浆"的诗句。三国后期曹植甚至还为饮桂花酒专配了"下酒菜"："玉樽盈桂酒，河伯献神鱼。"

宋代大词人柳永《望海潮》一词中说西湖一带有"三秋桂子，十里荷花"。据说北方的金兀术就是读了这首词，下定"打过长江去"的决心，由此加速了南宋小朝廷的灭亡。桂花的魅力由此可见一斑。

20 世纪 30 年代，周瘦鹃先生曾写诗赞美桂花："铁骨金英枝碧玉，天香云外自飘来。"

在中国古代延续下来的许多节日中，中秋节的地位应该仅次于春节。春节表示着一年之始，自然重要；但是与春节相较，或许中秋节更能够寄托人们对未来美好幸福生活的期盼。之所以如此，"圆满"的月亮在其中起重要作用。

太阳和月亮，是对人类生产、生活影响最大的两个天体。比较起来，太阳更为重要，因为它能够直接给人们带来光明与温暖。但在人们的感觉中，太阳似乎有点儿高不可攀，特别是它光芒万丈的威严使普通人都不敢多看几眼，只能敬而远之。在不同民族文化中，太阳总是代表着刚性，具有伟大、崇高、光明、正确等特点，并且"照到哪里哪里亮"。所以古往今来，太阳经常是帝王的象征，例如法国皇帝路易十四就将自己封为"太阳王"。

相反，月亮则显得较为阴柔与温和。尽管月亮不如太阳地位高、作用大，但似乎每个普通人都仰望它、亲近它，甚至可以仔细地品味和欣赏它。

当然，不同文化的人们对月亮具有不同的感情。在中国古代神话中，能够与月亮相联系或成为月亮代名词的，都是既普通又美好的人或物，如貂蝉、嫦娥、玉兔、桂树等。正因为这样，普通平民甚至知识分子更加喜欢月亮：喜欢它的柔情与美丽，喜欢它的皎洁与纯朴，喜欢它不离不弃的模样，喜欢它认真倾听人们诉说离愁别绪的态度，当然也喜欢它能够带给人们更多想象……

凡是失意之人或具有平民情怀的人，他们的作品中经常会出现月亮形象。例如苏东坡著名的"明月几时有，把酒问青天"，正是借明月抒发他外放时的寥落情怀，因而接下来就有了点儿抱怨的味道："不应有恨，何事长向别时圆？"唐代文人张若虚的《春江花月夜》写月亮很出色，全诗起笔就很有气势："春江潮水连海平，海上明月共潮生。滟滟随波千万里，何处春江无月明！……江天一色无纤尘，皎皎空中孤月轮。"不但写景，而且还抒发游子思妇的离恨别愁："谁家今夜扁舟子？何处相思明月楼？可怜楼上月裴回，应照离人妆镜台。……不知乘月几人归，落月摇情满江树。"作为自然现象，月亮与太阳相比有一个很大的不同，即不但有东升西落，而且还有阴晴圆缺，更能勾起人们对人生哲理、宇宙奥秘的思考。张若虚在诗中感叹："江畔何人初见月？江月何年初照人？……不知江月待何人，但见长江送流水。"无论是写景，还是借题发挥、触景生情，能够将月亮与月光写到如此程度的并不多见。

实际上，赏月并能够借景生情，情景交融，不但与心情有关，而且也与环境氛围相联系。

一轮明月挂在半空，洁白如玉，很美、很亮；原本漆黑的夜空竟如海水般湛蓝，星星大多隐没了，四周山林一片寂寥……清光流泻，明亮

而纯洁,仿佛具有使人抛弃各种世俗尘埃、羽化成仙的魔力。

在明净的月光下,世间一切或玲珑剔透或空蒙灵动,因而人的心境等会发生微妙的变化。中国词语中有"月色撩人"一说。徐志摩散文《印度洋上的秋思》以许多篇幅写月光对人心境的影响,其中以诗样的语言写道:

秋月呀!

谁禁得起银指尖儿

浪漫地搔爬呵!

月光是美丽的,而真正美丽的月光在远离尘世喧嚣的大江大海或深山原野。

月亮是美丽的,而真正美丽的月亮存在于每个人的心里,只要你心里有月亮、有美丽,那么你所看到的月亮就一定是美丽的;甚至能够将天空中皎洁、温柔的月亮摘下来,永远隐藏于心底……

凤兰、美爱、雪英三人在天井里品尝着月饼,有说有笑地闲谈着,心情很是愉快。雪英突然提议说:"我们三人结成盟姐妹吧!"凤兰和美爱都点点头说:"好啊! 好啊!"雪英年长为大姐,美爱称二姐,凤兰为小妹。她们欣喜万分地说,这是效仿三国的"桃园三结义"。后来她们真的像亲姐妹一样相处,她们出嫁以后真的像亲戚一样走动,她们的子女也知道这一关系,并且十分支持。

第三章 炉山村乡情凝重永恒

　　乡情,是一坛醇香绵长的陈年老酒,是一缕浓得化不开的魂。山岭,土地,溪流,乡亲,是叠加记忆的底片,彰显生命的本质。童年,少年,青春的时光,乡音,乡情,乡味,是延续生命的基因和遗传密码。在寒风凛冽的隆冬,在失意消沉的时刻,听听乡音,叙叙乡情,品品乡味,心静如镜,顿感周身温暖……

春天的炉山村

1966 年 1 月 31 日,立春。第二天,岩坦镇各村下了一场小雪,可谓这一年的第一场春雪。第三天, 太阳就出来了。春天确实挡也挡不住,走到户外, 长长地、深深地吸一口气, 使人感觉异常清爽惬意。在不经意间, 春天已仙女般飘然而至, 春天的大门已经打开, 只要屏气凝神地聆听, 自然就能听到春天的脚步声越来越近。不小心,思绪在春天的声音中滑倒, 与春娃扭成了一团。春天是万物生发的季节, 每时都有新生命在萌动, 每刻都有新希望在诞生。春天的脚步是轻盈的、匆忙的, 又是舒缓的、美妙的。2 月 5 日,我起早要去四川区应坑乡炉山小学,因为学校次日就要开学。我是这个学校的民办教师, 负责一年级至六年级的三十几名学生的全部课程教学。凤兰与我一起动身步行。一路上,春意浓浓。和风拂面,天高,云淡,几朵白云点缀着蔚蓝的天空,密密匝匝的茶叶探出光秃秃的脑袋,青春的希望陡然已在面前。

步行四十里路到了潘坑,我们在凉亭吃过带来的麦饼,凤兰对我说:“想吃酸的东西,有酸梅就好了, 可惜没有。”我回道:“到大峃就有柑橘、柚子,快些走吧!”我们加快了速度,没多久就到了大峃地方,见到在大峃乡工作的舅母陈岳叶,吃了她烧的“接力”(点心),她又拿出了许多柑橘给我们吃,凤兰看到柑橘,笑出声来,吃了许多个。当天我们走到炉山小学,已近天黑,八十多里山路,真不容易啊!

凤兰在炉山,虽然是异地他乡,但是这里与家乡一样也是山村,生活过得很是充实和满足。清朝,从乐清到缙云的古道就经过炉山坳。炉山村到介坑村只十几里路,再到缙云、仙居都只十里左右了,而到应坑、巽宅也是十里、十几里。炉山村虽然地势比较高,但是它背靠鸡鸣山和柴虎山,这两座山像两只大手护卫着村庄。村庄端坐在两山相倚的一块丘陵上,土质不肥沃,但也不贫瘠。

春天的村庄,隐藏在刚刚冒芽的树木丛中,从远处看不清真面目,只觉得它像一幅淡淡的水粉画,透出几分朦胧、神秘。房前屋后,那桃树、梅树、杉树、梧桐树、李树,稀稀疏疏,比赛似的疯长。农家有种树的习惯,这些树长大了,有的可以做家具卖钱,有的可产水果,还可以美化、绿化环境。树多了,自然就遮住了村庄。有的树老了,筋骨苍虬,树枝上爬满岁月的痕迹。而刚栽的小树呢,纤细柔弱,躲在大树谦让出的空隙间,努力地伸展自己细长娇嫩的枝叶。大树小树,相映成趣。

春雨如烟、如雾、如丝,一滴一滴,淅淅沥沥,飘飘洒洒,缠缠绵绵,恰似烟雾迷蒙,若有若无,若即若离,朦胧且迷人。春雨婀娜多姿,巧笑倩兮,步履轻盈,委婉含蓄,率性天然,没有夏雨的暴烈,没有秋雨的忧愁,没有冬雨的冷酷,像位清纯、含蓄的待嫁新娘,充满对生命、对世间万物的爱恋……春雨悄无声息地把睡梦中的大地山川抚摸一遍,湿润着每一个角落、每一棵小草,令人不由得想起"小楼一夜听春雨,深巷明朝卖杏花"的美妙佳句。孩子们真让人羡慕,他们可以任雨打湿凌乱的头发,在旷野中自由地呼喊和追逐。一会儿工夫,雨越来越大,越来越急,嘻嘻哈哈,打打闹闹,在干燥的土地上留下密密匝匝的雨窝。雨滴

的声音，若禅音悠长，涤尽风尘，溅起清香。春雨从不埋怨和选择土地的肥沃或贫瘠，总是执着地投入，迅速渗进地下，只让土地守候和感动。

凤兰走在炉山村的小路上，任细细的雨丝自由地落在脸上，痒酥酥的，滑到嘴边，甜丝丝的。此时她真正感受到与大自然亲密接触的惬意和舒畅，纯真和洒脱。虽然她的衣服被打湿了，可她心里高兴，脸上绽放出笑容，享受着那份难能可贵的清凉与惬意。路边的梧桐树耸立在雨中，紫红色的小芽摇曳着。树杈上被雨淋过的喜鹊窝颜色变得更加凝重，淘气的小喜鹊躲在老喜鹊的翅膀下，时而从窝里探出小脑袋，好奇地瞥一眼外面的风景，又叽叽喳喳把头缩回去。树下一群相互依偎的鸭子，时而用嘴梳理着羽毛，呱呱地交流着什么。那鸟叫声、鸭叫声，伴随着风声、雨声，滋润、清雅、舒畅、恬淡……

神奇的春雨过滤人们的私心杂念，带走尘世的喧嚣和沉浮，赐予万物蓬蓬勃勃的生命形态，恰似仙女那双神奇的手，拂过之处便换上了一层湿润的薄纱，呈现出一片朦朦胧胧的绿意。山岭沟畔，只要有土的地方，青草就探出光秃秃的脑袋，头顶晶莹的雨珠，像个顽皮的孩子在四处张望。一丘丘小麦在返青，伸出又厚又绿的叶片，像无数的手掌，在虔诚地迎接飘然而落的春雨。春雨迅速滑落到麦根，悄然钻进干涸的土层里。雨和风配合默契，像一把神梳，梳理着一丘丘整齐的小麦。或者说那小麦是大地柔顺的头发，被左梳右理，风姿绰约，偶尔传来布谷鸟、斑鸠的啼鸣声。忽然有几只叫不出名的鸟儿，从麦苗间振翅而起，在雨幕中嬉闹盘旋，成为在雨雾笼罩中的旷野上飘动、跳跃的精灵。含苞待放的桃花，经春雨的洗礼和滋润，正怒放枝头，抿嘴吐芳。长期封闭的心灵窗户在春雨柔和的韵律中开启了，所有的遐想、憧憬都和着这雨的节拍变得形象而生动。看雨，会萌生一种冲动；听雨，能回味一种浪漫；品雨，会感受一种解脱。

春雨贵如油，老天爷也十分小气。雨刚下了一会儿，就停了。雨虽然不大，却滋润着山村的风光，悄然改变了山乡的颜色，编织出一幅绚丽多姿的图画，点燃了生命的期待与呼唤！草绿了，花开了，土地松软了，生命以最简单、最自然的方式在繁衍、传承、轮回。前两天还光秃秃的山冈，奇迹般罩上了新绿，真可谓"淡妆浓抹总相宜"。

春雨是会说会笑的精灵，是律动生命的音乐，是天地相互倾诉的天籁之声，是人与自然和谐相处的静雅风景……凤兰站在炉山小学的走廊上，望着这淅淅沥沥的春雨，听着春雨敲打窗户和树木的声音，静心享受春天那份独特的清逸、洒脱和超然，尽享春雨赐予的那份清爽、那份力量和那份希望。

春雨中的村庄异常美丽，灰蒙蒙的雨雾，隐隐地遮住每一栋房屋，村庄就像一位披着彩纱、含着几分羞涩的村姑。走进村庄，那泥土、青草、庄稼、树木和牛羊粪各种味道混杂在一起，竟让人特别坦然和舒服。村里的路不宽，因为年久而到处是坑坑洼洼。一下雨，路上的人就自然多起来，大人们跑着去田里堵水灌田；放学的孩子顶着书包或撑着伞往家跑，不小心一个四仰八叉摔倒在路上。那黄泥汤溅满屁股，书本也甩了满地。摔倒的孩子一边哇哇哭着，一边赶忙收拾散落的书本、橡皮和铅笔。那样子透出几分憨厚和可爱，几分淳朴与拙笨。母亲呼喊孩子的声音，在湿润的空气中回荡，震落树上的水珠。那水珠"咕咚"一声钻入你的脖子，凉凉的，爽爽的，舒服极了。

雨过天晴。傍晚时分，夕阳的余晖把山岭、田园、村庄涂抹得金灿

灿的，炉山村前的水库塘坝里更是金波荡漾。各家屋顶上早已升起了炊烟，那炊烟一会儿又自由散开，弥漫四野，村庄灰蒙蒙一片。煦暖的微风中，一缕缕饭香扑鼻而来，口水自然就流出来了。这时喊孩子的叫声、唤鸡鸭的叫声、牛哞哞的叫声，长一声短一声，高一声低一声，响彻村庄的上空。家家的锅碗瓢盆合奏着。上了年纪的老人，饭前说啥也得品上二两老烧酒，脸色红润，悠然陶醉。圆月从山嘴上升起，把银色的月光洒满山乡的角角落落，村庄已枕着夜色和湿润的雾气，沉浸到恬静、安谧的梦乡里去了。数百口人的村庄，几经风雨沧桑，坎坎坷坷，却看不出忍辱负重、步履凌乱的迹象。乡下人远离世俗，日出而作，日落而息，有清风明月，有山光水色，还有粗茶淡饭，自在而快乐。

暖洋洋的东南风一吹，勤劳的小燕子从田野掠过，翅膀上写着艰辛与沧桑，分明可以看得到，拖着剪刀似的尾巴，衔着春光，呢喃着返回家乡，有的衔泥筑巢，有的嬉戏云间。勤快的鸟儿吵醒花草憋闷一冬的梦。山前屋后，迎春花、玉兰花、桃花、杏花、梨花摇曳一树的金黄、粉红、雪白，引来蝶飞蜂舞。蜜蜂嗡嗡地忙碌着，蝴蝶俊美的翅膀扇动出缕缕清香。知名不知名的昆虫，弹奏着此起彼伏、高低宏细的美妙乐章，成为春天开篇的绝唱。鹅妈妈带着一群披着淡黄色绒毛的小鹅在学游泳，小鹅稚嫩的叫声划碎荡漾的水面。

树木新抽的枝条，像一双双挥动着的手臂，在拥抱春天。此时，人们可以尽情沐浴暖洋洋的春光，享受春风的飘逸和轻柔，咀嚼阳光的味道。山坑边上的男童，折下几根光滑的嫩柳条，小心翼翼地拧开绿树皮，抽出里面那白花花的枝干，做了一顶柳帽。一群小孩子正在远处的草地上雀跃，"春天在哪里呀，春天在哪里"的童稚歌声幽幽飘来。不远处，头上别着野花的大姑娘在畦垄间追逐、嬉闹，采野花、挖野菜，银铃般的笑声萦绕在空旷的田野里。农民开始耕田播种，累了就坐在田头喝碗水、抽根烟，片刻之后，张开喉咙，长吸一口气，吆喝起野味十足的赶牛调，粗犷的山歌如烈性白酒，把田野灌醉了。那清脆的笑声，哗哗的流水声，粗犷的吆喝声，汇集成和谐优美的山间协奏曲。

春风在跑，春雨在飘，野草在舞，野花在笑。只要我们用耳朵听，用心听，用生命听，用灵魂听，必定能倾听到春天的脚步声，烦恼和疲倦也因此烟消云散，在春天里绽放律动的生命和蓬勃的希望。春天从不吝啬春色，春天的脚步正与心灵合拍，与时代合拍，带着我们的梦想，奔向有阳光的地方。万物接受着春天的恩泽，点燃刻骨铭心的激情与五彩斑斓的梦想。

山乡的春天特别美。闭上眼睛，脑海里悄然展开这样的画卷：天高，云淡，田野空旷，和风拂面，野草如织，繁花似锦。春雨绵绵，春雨声声，一场春雨一场暖。

多条路道，蜿蜿蜒蜒地钻进村子。路边是大小不一的天地，庄稼尽情享受春光和春风的宠爱。麦秆粗壮，麦叶翠绿，就像擦了一层油，光亮亮的，小麦在风中你推我搡，正忙着蹿个儿和灌浆，远看似碧绿的波涛，飘动得绿绸缎一般，走近细听仿佛正在窃窃私语，诉说沉睡了一冬的秘密。黄色的油菜花，身披暖洋洋的阳光，跳着舞。那辛勤的蜜蜂穿行其间，忙着采蜜，只一会儿工夫两个前爪就沾满了黄嘟嘟的花粉，那抖动的翅膀搅起淡淡清香，沁人心脾。那茵茵的青草，就像刚刚舒展开的绿地毯，铺满了田头、路边、庄稼地边，一直蔓延到村头的菜园，村后边的山上。田野里一顶顶斗笠或草帽在浮动，乡亲们正忙着间苗或除

草。路边的梧桐树叶子哗啦啦响着,透出斑驳的光影。路旁,一个老人,坐在树下的蓑衣上,嘴里含着一根长长的旱烟筒,哼着京剧腔调,眯缝着眼,仰望着飘动的浮云和飞翔的布谷鸟,不时用眼角扫着在荒坡上啃草的两头牛和羊群,神态自如,悠然自得。

大源番薯

　　凤兰来炉山才几天的时间，有一件事她一直弄不明白。每天早上睡醒，她都会闻到一缕缕的芳香，带着丝丝的香甜。

　　金征东妈妈端过来一大碗番薯汤，那香气让人心里直痒痒，顿时精神一振。凤兰推辞不了，就趁热吃起了番薯，这番薯黄澄澄的、软绵绵的，特别香甜，一股暖流迅速地传遍凤兰的全身……

　　番薯又名甘薯、红薯、白薯，源于墨西哥、秘鲁一带，400年前从南洋引入我国，在我国种植很广。

　　番薯含有丰富的糖分、维生素、矿物质和植物纤维等。据说，番薯还有抗癌和美容的作用呢！要说天下最好吃的番薯，要数括苍山区大源番薯了。大源的番薯品质更胜一等，这大概是与那里的土壤和气候有直接关系。

　　番薯生命力强，对气候没有过高的要求，不需太多的水分和养料。括苍山区土地贫瘠，小麦、玉米产量低，只好种植旺盛实在的番薯。番薯管理起来省心省力，在平原沃土里茁壮成长，在贫瘠的山地也能顽强扎根。地薄一点不要紧，天旱一点也不要紧。只要施足底肥，平常也不用追肥。在瘠薄的土地里栽种番薯，如果雨水丰沛，收成一定不错。一般亩产三四千斤，有的还上万斤呢。

番薯种,冬天大都放在番薯洞里。番薯洞一般挖在朝阳泥山的田坎、地坎里,冬暖夏凉。番薯放在番薯洞里可以防冻。

凤兰童年时,爸爸种的番薯是"红卫一号""红皮红心番薯""粉多番薯"等。可能是气候或者品种的缘故,番薯的茎与叶根部的交叉处常冒出一些番薯花,像牵牛花,或淡红色,或紫红色,很是好看。在农家活中,种番薯其实是很费事的,从番薯压下去以后,不是除草施肥就是翻藤,连续几次才能到秋收。挖番薯也很费力,一株株地挖出来,把番薯一个个摘下来担回家。然后用番薯擦子擦成番薯干,晒干了再收起来,从番薯挖出来到番薯被晒成番薯干不知要翻弄多少遍。

孩提时,每到秋收季节,砍柴或者打闹累了,肚皮饿了,几个同学在空旷的地里,垒个土窑或者挖个深深的长坑,在上面排满番薯,然后四处捡柴和干草,点火焖番薯。秋高气爽的大舟垟地里,烟雾特别明显,浓烟之后,把火烧得旺旺的,然后就把土窑或者长坑里烧热的土壤推倒盖住番薯,再用干土埋于其上。这时这几个同学围坐在一起唱歌或者玩游戏,焦急地等待番薯赶快熟透。估计时间到了,大家七手八脚把所有番薯都翻出来,有秩序地分配。刚出窑的番薯极其烫手,几个人急吃心切,于是一个番薯拿起,忽用右手,忽改左手,像耍杂技,烫得个个直叫唤,那场景真叫人难以忘记。一阵狼吞虎咽后,个个赶忙擦掉嘴边的黑灰,伴随着嬉闹声,鼓着肚皮,蹦蹦跳跳地回家了。

俗话说:"三春不如一秋忙。"忙,其忙就忙在收番薯和晒番薯干上。番薯成熟了,挖了番薯担回家,堂前满是番薯,小屋也满是番薯,大家都急等着晒番薯干。晒番薯干不容易,天气不好的时候,必须耐心等待;天气好的时候,当天夜里就得用番薯擦子擦出来,第二天凌晨再运到村外边晒。岩坦村前有溪，溪边有一大片空旷的沙滩，这是晒番薯干理想的地方。每到冬季，沙滩上番薯笠前三排后两排地放着，笠上是擦出来的鲜番薯干。

那些年天气确实冷，早晨拨弄摊晒番薯干的时候，番薯干上面一层白霜，手冻得通红。有时候还刮西北风，人冻得浑身乱打战。人们没什么御寒的衣服，上身只穿个棉马褂，下身穿着单薄的裤子，顺手捡几根未干透的番薯藤拧成绳子，把棉马褂系得紧紧的，顿时感觉暖和了许多。有时把手缩在棉马褂袖子里，拿着一根树棍，细心地把番薯干拨弄开，这样既冻不着手，又能解除长时间蹲在地上的劳累，一举两得，实属偷懒的好办法。

那时候老天喜欢夜晚下雨。繁忙季节，累了一天的人，头贴到枕头就睡，不一会儿就进入梦乡。突然，一个响雷把人们惊醒，一道道闪电透过窗户把农家屋子照得透亮。"坏了，赶紧起床去收番薯干！"家家户户谁也不敢怠慢，父母把子女叫醒，然后仓促地拿起扁担、布袋、灯笼去收番薯干。黢黑的夜晚，远远近近都是忙碌的人，催促声、问候声、呵斥声此起彼伏。路上、溪滩上到处都是晃晃悠悠的灯笼、手电筒，都是抢收番薯干的人。大家借着闪电的光芒，拼命地抢，拼命地划拉。抢着抢着，憋足半天劲儿的老天爷，先是洒几把大雨点子，接着"哗"地倒下一场雨来。雷带着电，电裹着雷，风助着威，雨借着势，那才是风雨交加，电闪雷鸣！瞬间溪滩上像炸了营，大家纷纷挑起担子往家里跑。不过看着被抢捡来的成袋的番薯干，大家抹一把脸上的雨水，都感觉到一种幸福和满足。

赶回家，那抢来的番薯干已经和人一样，成了落汤鸡。晒番薯干被

81

雨淋不是什么稀罕事，淋湿了再晒干就是了，只是晒出来的番薯干色泽不好，口感不好，带股苦涩味。晒番薯干就怕遇上连阴雨天，老天爷下起雨来就没有个头儿，有时候刚晴个眼，还没等地皮干，就又下起来了。倒腾几天，人累坏了，番薯干也开始腐烂变质了。大家眼睁睁看着白花花的番薯干慢慢地变黑，烂去，心疼得连饭都吃不下。

番薯收获了，家家户户就都吃饱了。二十世纪五六十年代到七八十年代，楠溪江大源山区农民的主食就是番薯，番薯养活了几代农民。那个年代，每到收番薯的时节，家家户户便完全生活在以番薯为中心的氛围中，一天到晚围绕着番薯忙活。不管走到哪里，都能闻到浓浓的番薯味；不管活到多大岁数，都浑身散发着番薯味。生产队分来的稻谷、小麦、粟都不多，这些都是逢年过节吃的，日常一天三顿，顿顿是番薯，有时一顿饭吃的喝的全是番薯。农民变换着花样吃，煮番薯、蒸番薯、做番薯饭、番薯粥、番薯干饭、番薯干粥、番薯粉丝、番薯枣，就连番薯叶也可以吃。从那个年代过来的人们吃腻了番薯，或者说真是吃伤了，一听说番薯就头疼，就反胃，就吐酸水。为了不吃番薯，乡下的年轻人千方百计去当兵，当工人，考大学。然而，不管你干什么，不管在什么地方闯荡，难以割舍的还是番薯，番薯在心中留下了许许多多酸甜苦辣的记忆和痕迹，永远难以去除。

村里人吃番薯实在吃腻了，就把番薯碾碎，用细筛子或者纱布将渣滓和汁液过滤，沉淀后，就可以得到洁白的淀粉，再用番薯淀粉做成番薯粉皮或者番薯粉条。寒冬腊月，特别是春节或者结婚等特别的日子，切上猪肉、白菜，再放上些番薯粉皮或粉条，那可是乡间公认的美味佳肴。

如果子女或亲戚朋友在城里,就将番薯煮熟后切成片或者条,放在窗台或者道坦上晾晒,九成干的时候收起,装进布兜,连同乡间风味和醇厚的惦记寄进城里。深冬闲暇时节,摸出熟番薯片或者条放到嘴里慢慢咀嚼,就像吃着喷香的牛肉干,细细品尝那蜜饯般的味道,还真是惹人流口水。

那时绝大多数从农村到乡镇或城里上中学的孩子生活艰苦,吃的都是从家里带来的番薯,拿到学校食堂蒸熟或做成番薯汤,就着咸菜,喝白开水。有的同学家庭生活困难,番薯也常常吃不饱,要么借别人的,要么限定数额,规定自己每天只能吃多少番薯。那时候的孩子正处在青春发育期,番薯使他们长大成人。

随着时间的推移和人民生活水平的提高,番薯逐步退出人们的餐桌,身价倍增更是近年来的事儿了。番薯种得少了,价格自然就上涨。人们往往都有怀旧的心态,长时间不吃番薯有时免不了想念,许多农家种一点施土杂肥的番薯自家食用,或者送亲戚、朋友尝个新鲜。

煤油灯

炉山村没有电,照明的工具就是煤油灯,煤油灯是乡村必需的生活用品。煤油灯跳动着的微弱的光芒,给山村和山民涂抹上昏黄而神秘的色彩。

家境好的人家用成品罩子灯,或叫台灯,多数家庭用自造的煤油灯。装过西药的小玻璃瓶或者墨水瓶,找个铁瓶盖或薄铁片,在中心打一个小圆孔,然后穿上一根用铁皮卷的小筒,再用纸或棉布抑或是棉花搓成的细捻穿透其中,上端露出少许,下端留上较长的一段供吸油用,瓶里倒上煤油,把盖拧紧,煤油灯就算做成了。煤油顺着细捻慢慢吸上来,用火柴点着,灯芯就跳出偏长的微红的火苗,同时还散发出淡淡的煤油香味……

煤油灯可以随便放在很多地方,譬如书桌上、窗台上,也可以挂在墙上、门框上。煤油灯的光线微弱,甚至有些昏暗。由于煤油紧缺且价钱贵,点灯用油讲究节约。天黑透了,各家才陆续点起煤油灯。为了节省,灯芯拔得很小,灯发出如豆的光芒,灯光星星点点,连灯下的人眉眼都模模糊糊。忙碌奔波了一天的庄稼人,望见从家中门窗里透出来的煤油灯光,疲倦与辛苦荡然无存。

农家日子都紧巴巴的,生产队的工分也不值钱,家家只好养上几只

老母鸡，生的鸡蛋换煤油和针线等基本生活用品。五六个鸡蛋就能换一斤煤油。鸡蛋是家庭生活品开支的主要来源。我的学生陈福康的家里有只芦花老母鸡很能下蛋，基本上每天一个，所以它在家中的地位明显提高，一家人都迁就它几分，不大声吆喝它，更不敢打它，剩饭剩菜它优先享用。小屋的西南角有个麦秸垛，多年未用，麦秸都有些陈腐了。它自己用嘴和爪掏个下蛋的窝，每当它"咯咯嗒、咯咯嗒"叫起，定能捡到温热的红皮鸡蛋。

也是在煤油灯下，凤兰做作业，妈妈坐在旁边，忙针线活，缝衣裳，纳鞋底，一言不发地陪着她。妈妈的眼睛好使，在昏黄的油灯下，妈妈总能把鞋底上的针线排列得比她书写的文字还整齐。春夏秋冬，妈妈一直在忙着纺呀、织呀、纳呀，把汗水、辛苦、疲倦纺进、织进、纳进额头、眼角、脊背。漫长的冬夜，窗外北风呼啸，伴着煤油灯，妈妈用自己的黑发和银丝缝制希望，把幸福、喜悦纳成一缕缕对子女的期待。燃烧的灯芯能在灯火的中心形成灯花，大人都说灯花能预示凶吉祸福。灯芯如果是圆的，就预示着吉利；如果有缺口，就可能预示不吉利或者遇到不顺心的事。因此，妈妈常用剪刀把灯芯剪平，默默丢在门口，并说上几句祈祷的话。为了能让凤兰看得清楚，妈妈常常悄悄地把灯芯调大，让那灯光把书桌和屋子照得透亮。

家中那盏煤油灯伴随凤兰度过了许许多多个夜晚。煤油灯的烟大，时间长了往往把鼻孔熏黑了。困了，头常常不知不觉地凑到煤油灯前，当闻到焦煳味时，头发梢已被烧去了半截，不仅是头发，有时眉毛也会被烤黄，一根根地卷了起来。

煤油灯，普通，平常，又让凤兰难以忘怀。在煤油灯下，凤兰懵懵懂

懂地学到了知识，体会到了长辈的辛苦，更多的是品尝到了亲情的温暖。煤油灯一次次感动了她，一次次驱散了她的劳累，一次次点燃了她的希望。

煤油灯很普通，也很淡泊。煤油灯虽然柔弱，却很执着；虽然昏暗，却很璀璨；虽然娇小，却很持久。在人生的旅途中，乡村的亲情，父母的关爱，就像煤油灯一样温暖、柔和、永恒。

乡村电影

过去，农民家里没有电视，广播喇叭主要播放重大新闻，露天电影才是乡村最丰盛的文化大餐。那真如同焦渴之时遇见清泉，饿汉猛餐美食，跋涉沙漠时闯进绿洲，让人们激动、兴奋、狂热。

当时实行人民公社制，队为基础，三级所有。永嘉县有电影公司，应坑公社的电影放映队逐村轮着放，每村一个月能轮一两次。每当村里放电影，整个山村简直沸腾了。无论哪个村放电影，邻村的老少爷们都是共同享用。为了通知大家，有的村用大喇叭喊几遍。当然，消息最灵通的是孩子们，每个孩子都要证明自己的消息最准确，凭着猜测也要跟着同伴争论一番，甚至因此打起架来。白天，村里的所有事情都与电影搭上关系。"早点儿收工吧，今晚看电影。""今晚放电影，去不去看啊？"往日总要玩到天黑的孩子们早早回家，家家户户屋顶上炊烟冒起得比平时早得多。傍晚，村里的大路上、小道上都可看见星星点点的手电光，听见一阵阵的欢声笑语，此起彼伏的狗吠声也显得急切欢快起来。电影放映队一般两个人，放映设备要由各村去担、去拉或去抬。放映前的准备工作很烦琐，村里找上几位品行好、勤快、灵巧的年轻人帮着挖坑、栽木杆子、挂银幕、抬放映机、接电线。"这根绳子短了，快再接一截。""幕布不正，右边的绳子再拉得紧一些！"放映员指挥着。村干

部笑着,忙着递毛巾擦汗,递香烟。

电影放映时,往往大家正看得入神,片子突然断了或者发电机坏了,大家一片唏嘘,焦急地等待着,反复催着:"快点,快点……"

那时电影片子紧俏,几个公社的电影放映队联合起来逐个公社放映,通过倒片,一个晚上可放映两至三个村,有时看完一卷,下卷片子还没到,电灯只好重新亮起来。有的人乘机出去方便,或是走动走动,活动活动腿脚,或去搞点瓜子小吃。片子可能一会儿就到,也可能要等个把钟头。一天晚上演两部电影,第二部影片后半夜一点才送到,很多人就是舍不得走。好多孩子硬着头皮,瞌睡得眼皮直打架,最后在大人的背上进入梦乡,也不知道放的是什么电影,什么情节。春天、夏天雨水多,往往看到热闹处,突然下起了雨,许多人把凳子顶在头上拔腿往家跑,场子里稀稀拉拉剩下很少人。刚过一会儿,有人小跑着从家里拿来斗笠、蓑衣或雨伞,有人干脆找块塑料布顶在头上,继续坚持把电影看完。

电影一结束,放映机的灯泡再次亮起。喊爹叫娘的,呼儿唤女的,欢叫声、议论声、口哨声一齐响起,观众搬起凳子、椅子,迅速向四处散开,场地上全是砖头、石头、报纸、糖纸。放映员和帮忙的村民赶忙收拾放映的设备,村干部早已准备了招待晚餐——面条或水饺。伸展向四面八方的山路顿时喧闹起来,人们议论着、争吵着、回味着,声音越来越远,越来越小……直到邻近的山村都恢复平静。

乡村电影给人们带来了无穷的乐趣,带来了山里人对外部世界的向往与憧憬。当时的影片大多是战争片,很容易吊起孩子们的胃口,像《铁道游击队》《地道战》《英雄儿女》《地雷战》《狼牙山五壮士》《南

征北战》《小兵张嘎》等，真是百看不厌。后来电影的品种增多了，出现了《喜盈门》《甜蜜的事业》等反映农村生活的影片，也有外国电影如《佐罗》《流浪者》《列宁在 1918》等。许多电影插曲人们耳熟能详、老少皆唱，虽然比起如今的流行歌曲、通俗歌曲、校园歌曲少了几分缠绵，但多了几分昂扬向上、催人奋进的力量。乡村电影影响、感染了几代人，在皎洁的月色中、在璀璨的星空下，人们认识了舍身炸碉堡的董存瑞、双手插入焦土的邱少云、手握爆破筒跳入敌阵的王成等一批英雄，感受到地道战、地雷战的痛快淋漓及狼牙山五壮士的悲壮，体会到上甘岭战役的艰辛，也曾为小萝卜头流下酸涩的泪水……

村里放电影，最高兴的是孩子们，逢年过节般开心。孩子们一放学，扔下书包，胡乱扒上几口饭，有的甚至顾不上吃饭，衣兜里装上些炒花生或炒玉米，就约上同伴去抢占地方。银幕没挂好，场子上已密密麻麻地摆满大小、高矮不一的板凳。来不及拿板凳的就干脆搬几块砖头、石头，在周围画个圈，也算占上了地方。电影没开演，银幕前就坐满了黑压压的人群。骂声、交谈声，真是像炸开了锅。附近村的人也三五成群地来了，有亲戚的去找亲戚，有朋友的去托朋友，尽可能找个好地方舒舒服服地看电影。

简易发电机响了。当时的发电机靠人脚蹬发电，蹬慢了电量不足，影响放映质量。一场电影下来，几个蹬发电机的小伙子汗流浃背、气喘吁吁。放映机的灯突然亮了，放映员开始倒片子、安片子，全场顿时安静下来。几个没顾上吃饭的人在悄悄地啃干硬的大饼，分明像贪吃的蚕在吞噬着桑叶。放映员身旁围了一帮好奇的孩子，看着倒胶片，调试投影，当白光投射到银幕上时，调皮的孩子便把五指散开，伸到放映机

前面的光束上,做出各式各样的动作。

那时候,电影放映前村书记或其他干部都要先讲一段话,多是感谢上级党委、政府的关怀,宣布防火防盗,禁止上山砍树等禁令,或是其他一些事项。如果讲的时间长了,孩子们就会带头鼓倒掌。正片之前一般先放反映国家大事、新成就、新技术的纪录片,大家都看得很认真。纪录片一放完,在放映员换胶片的间隙,大家可以稍微放松一下,站起来伸伸胳膊,活动活动手脚,准备长时间看精彩的电影。正片一开始,场内顿时鸦雀无声,大家都被剧情所吸引,尤其是看到日军将游击队紧紧包围,或者是战场上胜负难分等情况紧急的片段时,大家手里都捏一把汗,紧张得大气不敢喘。当红军或八路军突然出现,或者敌人被击毙,场子里顿时响起震耳欲聋的掌声。手拍疼了,那才叫过瘾。那时候看电影一定要分辨谁是好人,谁是坏蛋。如果是热门电影,影布的后面也会坐满上年纪的人,他们腿脚不灵便,不愿和大人孩子一起挤。影布后面场地宽敞,把板凳一放,旱烟一点,用手捋着长长的胡须,悠然自在。有的还抱着小孙子、小孙女,更增添了情趣。有时候由于电影队往往在相挨的村庄连续放映,年轻人总是像追星族一样,跟着放映队一夜一夜走,不厌其烦地反复观看,那时的小孩子总希望跟着大人到邻村看电影。那时的路有的是沙土路,有的是泥泞小路,雨后非常难走,邻村其实只有几里路,但也要走上个把小时。家境好的孩子带着手电,那一束一束刺眼的光极具穿透力,不时在天空上交织,那分明是在招摇。

改革开放以后,家家户户有了责任田,日子也逐渐红火,公社改成乡镇,电影放映队也不下乡了。手头比较宽裕的人家,孩子结婚或考上了大学,往往自费请电影队来放电影。实力小的放一场,实力大的放两场。谁家要是放电影，那消息提前好几天就传遍了邻村。"他舅啊，孩子出息了，明晚放场电影，你可要来呀。""我家放的电影，是托人直接上县城拿的好片子。"路上碰了面，满面春风，打了招呼还要接上一句："我家要放电影了，知道吗？""知道了！"消息越传越广，全村人都心潮澎湃。孩子们跑着跳着到处传播消息，就像送鸡毛信的小通信员。邻村的年轻人也风尘仆仆赶来过眼瘾。孝顺的闺女回娘家把老母亲接过来小住几日，等待这免费的文化大餐。

时间如流水般过去，一九九〇年，凤兰的二女儿丽丽和三女儿丽川同一年考入大学。凤兰太高兴了，在两个女儿接到入学录取通知书的第三天，就叫我接洽在东峁村放电影的事，这次是一夜放两部电影，在五天后放。她把放电影的事特地到岩坦娘家对爸爸妈妈和哥哥说了，要他们过五天来看电影。

一代人有一代人的电影，一代人有一代人的梦境。乡村电影，曾给山村带来了多少欢乐与祥和，增添了多少温情和真诚，给山里人带来了多少期待、欢快和笑声，给一代人留下了多少抹不掉的美好记忆和一去不返的岁月，给多少人矫正了人生方向，增添了拼搏奋斗的力量。现今我们在设有空调、沙发、环绕音箱的豪华影院里，欣赏着颇具震慑力的电影大片，却缺少了看乡村电影人与人之间的亲近与和谐。

久违了，乡村电影！

布鞋

鞋既是门面,也是身份的象征,透出人的性格、品位和层次。

炉山村的大人、孩子穿的都是布鞋。农家日子紧巴,衣裳常有补丁,谁有闲钱买鞋呢。阴雨天、雪天和夜晚,山乡姑娘、媳妇就一门心思做鞋,她们的绝活儿和看家本领就是做布鞋。

做布鞋很节俭,也挺讲究。庄户人穿衣服,真是新三年旧三年,缝缝补补又三年。衣服旧得实在没法儿穿了,就把补丁一层层拆开,把有用的地方剪成一块块的碎布料。家家都有针线簸箩,里边装满了剪裁缝补衣裳剩下的布片或布条,五颜六色,厚薄不一,新旧不一。选个太阳好的日子,把面板或木板桌支在院子里,用铁锅调出热气蒸腾的糨糊,把新一些的布料和旧一些的布料错开,将厚一些和薄一些的摊均匀,将碎布条一块块、一层层粘起来,在太阳底下晒几个小时,就成了硬邦邦的"鞋壳子"。遇上阴雨天,就拿到火炉上或热锅里烘烤,那鞋壳子的成色也不差。做鞋前,按脚的大小,棉鞋或单鞋的样式,先在纸上剪出鞋的样子,然后把纸鞋样缝在鞋壳子上,唰唰几下就剪出鞋底、鞋帮,然后就可以做鞋了。

做布鞋挺讲究,最讲究样式和做工。就说纳鞋底吧,纳得结实才禁穿,纳得整齐才好看。旧布、陈布都乏了,不宜做鞋底。山区出门到处

是山和石头，最好的地方也是沙土地，上山爬沟，挖地打柴，净是力气活，鞋也费得格外厉害。所以做鞋底尽可能用新一点的布、结实的布。实在没有新布，就买二尺又厚又结实的黄帆布。鞋底尽可能做厚一点，多摞几层鞋壳子。男劳力的鞋底至少也要六层。秋天把大麻的皮劈得细细的，在大腿上或用纺车搓拧出细细的麻线，然后先用光光的针锥在鞋底上扎几个眼，再用细针把麻线穿进去。山村的姑娘、媳妇手上都戴着一只铜顶针或铁顶针，那是做针线活的专门工具。那针脚有的从鞋头开始，有的从鞋后跟开始；有的是一排排的，横看竖看都整齐；有的从鞋底当中开始，一圈圈往外走，恰似体育场的跑道；有的则按照心中的图案，纳出花朵、动物形状。

做鞋时用针划划头发，这里边可有奥秘，一方面可以转换姿势，稍做休息，另一方面头发上有油，针在头发上划几下，在鞋底上会走得更顺当。一手攥住鞋底，一手用力拽针线，指掌间力气用得大，用得均匀，纳出的鞋底就平整结实，自然就耐穿。动作轻松自如，透出一种娴熟、优雅之美。针线密密匝匝，稀疏得当，松紧适中，大小一致，煞是好看。

鞋面是鞋的脸面，能看出做鞋人的功底，凝聚着精神寄托和美好的祝福。做鞋时，鞋帮上面裹上一层新布，一般是用黑布。黑布褪色慢，也耐穿。有的用上一些带花或带条纹的布，显得别致漂亮。家境好一些的，用当时最时兴的黑条绒布，高档，耐磨，在太阳底下还反光。做鞋面，讲究针线，用密密的针线纳结实，穿久了不变形。鞋头上还会绣上些花朵或动物。男孩子的鞋绣上老虎、狮子头。女孩子和大姑娘的鞋绣上些菊花、荷花、梅花、燕子、蝴蝶，出嫁穿的鞋往往绣上一对鸳鸯。上年纪人的鞋面上绣些简单的线条或一双大眼睛。

炉山村孩子很少有鞋穿，六七岁的男孩子夏天还羞怯怯地光着屁股。当时炉山小学的三十几名小学生中，也有几名光着脚来上课的。

山村的孩子，谁能穿上妈妈做的新布鞋，谁就会挺胸阔步，炫耀一番。妈妈一生勤劳，能做一手好针线活。春天，为我做一双圆口或方口的布鞋；冬天，为我缝一双黑粗布甚至黑条绒的厚棉鞋。妈妈整天里里外外忙碌，忙完一日三餐，缝补洗涮，喂养鸡鸭猪狗，为给我们做新鞋，抽时间垫鞋底，粘鞋帮。冬天，妈妈就坐在家门口，晒着太阳专心致志地纳鞋底。看妈妈做鞋是我童年记忆里最为鲜亮的风景。纳鞋底是既细致又累人的活儿。妈妈总要用一块布包着鞋底纳，想方设法不把鞋两侧的白布弄脏。夜深人静时，妈妈坐着小方凳，弯腰弓背，一只手紧握鞋身，另一只手不停地来回穿针引线，一会儿在头发上蹭蹭手上的针，一会儿紧紧刚上好的鞋底，一盏昏黄的油灯拉长了妈妈忙碌的身影。同样一个姿势，重复着同样的动作。妈妈不时地抬起头看看我潜心学习的样子，脸上洋溢着不尽的幸福和满足。一针针，一线线，千针万线纳成一双鞋底儿。

纳鞋底的时间长了，手指会酸痛，眼睛会发花。有时妈妈手指麻木，一不小心会扎着手指。看到妈妈滴血的手指，我很心疼，便安慰妈妈道："等我长大了，挣钱买鞋穿，你就不用吃这苦了。"妈妈开心地微笑着。望着鞋上密密匝匝的小针脚和妈妈那疲倦的眼睛，我激动不已。多少次听着油灯芯热爆的啪啦声，那熟悉的麻线的刺刺声，渐渐进入温柔缥缈的梦乡。我感到很奇怪，我从穿巴掌大的鞋，到三十几码的鞋，妈妈从没有量过我的脚，却每次都能把鞋做得那么合脚。

妈妈做的布鞋伴我度过了艰苦的学习生涯。妈妈经常笑着说："孩子啊！你可要听话，争气，不和人家比吃比穿，得和人家比学习。"我白天上学，放学回家后，就帮妈妈做事，尽可能地减轻妈妈的负担。而妈妈奖励我的，往往是一双漂亮的布鞋。夏天雨水多，在泥泞的路上，我常常手拎布鞋或把布鞋掖进书包里，干脆赤着脚走回家，说啥也舍不得把布鞋弄脏了。那年秋天，妈妈专门买了新布和新棉花，刚入冬就为我做好棉布鞋。妈妈说："为了让鞋暖和，鞋做得大，放上棉垫，下大雪也冻不着脚！"我穿着布棉鞋，迎着飘飞的雪花，来往于家和校园之间。整个冬天，我的脚都是热乎乎的，没有被冻伤。

布鞋养脚排汗，抑制脚气，有益身体，价格便宜。无论身在何处，有一双布鞋，一双包含亲人惦记和祝福的布鞋，尽管有黑暗，有泥泞，有坎坷，有暴雨，可人生的路不会错，不会斜，心中洒满春风、阳光、幸福和欢乐。

麦磨

炉山村村民真是好客,学生刘宝树家今天杀了一头大肥猪。宝树爸爸在傍晚时硬要凤兰和我二人去吃晚餐。晚餐吃的是香喷喷的糯米饭,有香馥馥的猪肉,还有多种蔬菜和豆腐。

这样偏远的山村,怎么会有豆腐!后来得知这是麦磨(通称石磨)的杰作,方才明白过来。

麦磨是山乡历史的见证,那体态和灵魂依然在括苍山深处倔强地活着。上了年纪又曾在农村生活过的人都很熟悉麦磨。寻找山村兴迁的历史,体会山村古老而原始的生活方式,总少不了麦磨。麦磨在其他许多地方叫石磨。

做上等麦磨,一要选坚硬耐磨的石头,二要由手艺精湛的石匠来做。

石匠先到山上劈两块大石坯,大石坯经过铁锤精细的雕琢,摇身变成两扇厚重的圆石盘,粗糙又不失精细。上扇是个圆柱体;下扇上部也是个圆柱形,下部是个更大的边沿上翘的圆盘形,边上留着外凸的磨嘴。石盘上扇正中偏外钻个孩子拳头大小的磨眼,边上打两个插磨杆的石眼。下扇中间安个铁箍磨脐。上扇下面和下扇上面分别琢磨道道倾斜的石锯齿,上下两扇扣在一起默契合窝。整个磨放在麦磨凳上。

石眼里插上短木连接磨杆,单人或双人推拉磨杆。那沉重的麦磨顺着逆时针方向,咯吱咯吱地欢唱,一圈一圈又一圈,越推,磨越沉,越拉,腿越酸。磨上扇在动,下扇不动,磨眼吞进五谷杂粮,嘴里吐出粉或糊。麦磨是最有口福的,新鲜的粮食进仓,麦磨必定先品尝。年复一年,麦磨在单调重复的转动中磨牙也钝平了。经过石匠叮叮当当的锻磨,磨牙恢复如初。经过数次的修复,麦磨也会变得越来越薄。一年四季,麦磨上下闭合着的嘴唇在诉说乡村的酸甜苦辣,麦磨沉重的表情显露出乡村的喜怒哀乐……

括苍山山上山下的各个村子,每座屋子差不多都有麦磨。刚解放时种的粮食或在生产队里分的口粮全靠麦磨来碾磨。多户人家每天都等着用麦磨。麦磨声随着鸡啼声也就响起了。有时想用麦磨磨粮食,一到麦磨间,看到已有人在用麦磨,就只好打招呼,等他人磨好,自己再接下去用麦磨。没有麦磨的人家,只好提前向有麦磨的邻居打招呼借用。借磨,邻居如果高兴,点点头就成了;如果不投脾气,不愿意借,主人必定说出个合情合理的缘由,譬如说磨齿钝了,或者说早有人定下用了。借到了磨,妇女们带着孩子,赶忙推拉磨杆,真是辛苦。用完邻居家的磨,磨眼里要留下些许的粮食,叫留"磨底"。也有的人家为了不浪费粮食,干脆搬开磨盘,用刷子仔细清扫磨瓣上的面粉。磨瓣像一排排的牙齿,整整齐齐地排列着。那磨瓣,既像一条条盘绕山间的山路,又像一道道刻在爸爸额头上的皱纹……在麦磨那绵绵不绝的转动声中,乡村度过了那段饥馑岁月,邻里也结下了互相帮助的深情厚谊。孩子们天天盼着那麦磨转,麦磨一转,过不多久,香气四溢的细面条、玉米粥、豆腐就热气腾腾地端上饭桌,孩子们争着抢着,快乐得像过年似的。

一顿白面水饺更是孩子们一年的盼望！

乡村最难熬的是粮食青黄不接的时候，那是最灰暗、最没情绪的日子。谁家麦磨响，说明谁家生活过得去。如果哪天哪家没有了麦磨响，说明这家可能断粮了，因而推磨是一种幸福和满足、富裕的象征。麦磨一旦闲下来，还真有些不习惯。孩子们把麦磨当成了一种玩具，想尽办法挪动它，但最终还是失望了。乡村的每座麦磨都是一部挪不动的沉重历史。

那年月，家中最累的是妈妈。用麦磨磨粮食大都是利用天亮前这段时间，麦磨就支在一间房子中，只好点着一盏昏暗的油灯。小时候，当时农民多吃粗粮，粗粮用麦磨磨过就能做成煎饼，做成煎饼吃着就顺口了。妈妈把粮食磨过一遍，就赶紧将磨盘上的粮食收起，放在筛子里，在昏暗摇曳的煤油灯光下，将筛子一推一拉，声音极富节奏，面粉就顺着细细的筛眼落到竹盘里。筛子里剩下的粗渣再次倒进磨眼里继续磨，一遍，两遍，三遍……直到粮食几乎完全粉碎。粮食磨完了，也筛完了，妈妈早已腿疼腰酸，身上、脸上，连眉毛上都落下了一层薄薄的面粉，浑身上下都被染白了，显得十分苍老，让人心痛。

推磨是一项极其简单的重复劳动，既累人又枯燥无味，十分单调，只是周而复始的机械运动，有力气就行，不需要多少智慧和技巧。妈妈在推磨，凤兰或是抱着妈妈的大腿，耳朵听着磨声响，眼睛看着磨转动，或是拿个勺子往磨眼里添粮食。推磨偷不得半点懒，不用力推，麦磨自然也不会动。麦磨很沉，一会儿工夫汗水便从额头、肩上流淌下来，滴滴答答掉到地上。妈妈一圈又一圈地推磨，麦磨在疲乏地转动，开始还能数着已经推了多少圈，时间久了就忘了数，只迷迷糊糊地往前走，双脚像踩在棉花团上,最后人也觉得天旋地转,胃里往外冒酸水……

有一年快过年了,自家储备妥当过年吃的年货,又开始做一锅当春节大菜的豆腐。头天晚上凤兰妈妈泡了半盆黄豆,第二天鸡刚叫就起床用瓢舀到小盆里,放在磨顶上开始磨。第一勺黄豆倒进磨眼,麦磨就发出咯吱咯吱的响声,周围顿时飘起黄豆淡淡的清香。起初,凤兰在一旁看着妈妈推磨,黄豆太多,推得时间久了,妈妈的脚步越来越沉了,额上冒出汗珠,麦磨也转得更加缓慢,凤兰心里很着急,双手握住磨杆,尽力同妈妈一起推磨,妈妈顿觉麦磨轻快了许多。雪白的豆汁渐渐沥沥流淌到磨盘上,沿着磨嘴流到豆腐盂里。磨完豆浆,妈妈用细纱布过滤刚磨过的豆浆,又倒进锅里烧开,轻轻点上卤,天亮时豆腐就做好了。妈妈给凤兰盛一碗鲜嫩的豆腐脑,凤兰端起那热气腾腾的豆腐脑,顿时身上没了推磨的疲倦和辛劳。

凤兰无法计算妈妈在这狭窄的圆形的磨道里绕了多少圈,转过了多少天!可她知道那沉重的麦磨磨出了她童年时代贫穷且辛酸的记忆,磨走了妈妈青春的岁月和满头黑发,磨出了妈妈满脸的皱纹和周身的病痛。

无论是初冬还是早春,无论是晴空万里还是有雨有雪的日子,转动的麦磨,承载了太多的苦难与酸涩,可单调里包含着亲切的温柔。人生的路也正像这弯曲单调的磨道,必须持之以恒地一步步走下去。只有咬紧牙关,烦恼和苦闷才会被一步一步地抛在身后。

旱烟筒

在炉山村,经常看到用旱烟筒(通称"旱烟袋")吸烟的人。这一天,在炉山村的路上又看到两个人一前一后边走边抽着烟,每个人的旱烟筒都长长的,这使凤兰想起了爸爸,想起了小时候给爸爸拿旱烟筒和用火柴给爸爸点烟的情景。

山村老人一般随身带着一个旱烟筒。旱烟筒是括苍山农村老人的象征,也是一段历史的道具和见证。在许多反映农村生活的电视剧、电影及一些摄影图片中,往往有手握旱烟筒、胡须花白的老人。

在农村上了年纪的老人,无论是下地还是串门,都习惯握着或在腰上别着一支旱烟筒。累了或休息的间隙,便坐在田间地头的苇笠蓑衣上,或者选择一处干净石头或草地,甚至也可以把锄头、犁耙等农具放倒,坐在光亮的木柄上。然后从腰间拿出烟筒,在身边石头上或者鞋底敲掉烟筒锅里残留的烟渣,再把烟筒锅插到烟包里麻利地按上一小撮旱烟丝,用布满老茧的手指匀称地抚平,端详一阵,慢悠悠地划着火柴把烟点燃。之后狠狠吸两口,把烟筒里的烟烧旺,真实而迅速地过把烟瘾。接下来,便可在吞云吐雾的过程中尽情品尝烟的滋味。如果在家里,老人不会轻易用火柴点烟,而是直接把烟杆伸到灶底或者炉上将烟点燃,其他在座的人便把烟筒挤到一起,相互借火。

飞扬的烟灰，盘旋的烟圈，弹指间的潇洒。有时只是点着，看袅袅青烟悠然摇摆，解除无聊和烦恼。常言道：烟酒不分家。曾几何时，不管什么地方，不管什么场合，敬人抽烟成了基本礼节，而且不能落下在场的每一个人，否则会得罪人。在某些场合，劝"烟"和劝"酒"同等重要，甚至大有不达目的誓不罢休的劲头。

凤兰的爷爷认真细致、公道实在、重情重义，深受乡里乡亲尊重。岩坦村与岩坦上三地发生纠纷，常请他去解决，即使"讲案"或打官司，去温州府也有很多次了。爷爷忙完活儿就用嘴衔着那支旱烟筒狠劲地抽几口，因而抽烟也自然成了习惯。无论是干事还是赶路，旱烟筒总不离身，大都别在腰后面。有时旱烟筒里没有烟丝了，还依然十分专注地吸上几口。碰到烦心事，也吸着烟，紧锁眉头，缓慢地吐着烟圈。有时，很长时间也不吸一口，只任凭旱烟筒熄后又燃，燃后又熄，以这种沉默无奈的姿势驱逐心里的忧愁。"吧嗒吧嗒"的声响与腾起的烟雾配合得很默契，扑闪扑闪的旱烟筒在眼前极有规律地跳跃。

凤兰的爸爸嗜烟，喜欢吃烟丝。他自种烟草，摘来烟叶，晒干，叫老司制成烟丝。若烟丝不够吃，去温州买染料时，就顺便买一些烟丝来补足，不能没有烟丝吃。

凤兰爸爸有一支长长的大旱烟筒，常别在腰后面，只有在染布坊干活儿时，才把旱烟筒放在染布桌上。白布染色要烧火，正是爸爸的旱烟筒大显身手的机会，爸爸过足了烟瘾。

凤兰爸爸一生勤劳苦干，认真负责。染布坊中加工白布染青，白布染蓝，还能印染蓝夹缬（靛青夹被）。印染蓝夹缬要日夜苦干才赶得出来，半夜后全靠那支旱烟筒，爸爸用嘴衔着，吸着烟才不会睡着，才能把

活儿干完。

夹缬是一种布料印刷工艺，被誉为雕版印染的活化石。秦汉时期就有记载，唐宋时期深受皇家重视，并流传到外国。夹缬既有彩色的，也有单色的。温州地区长期流行的蓝底白纹的夹缬，称"蓝夹缬"。直到二十世纪五六十年代,蓝夹缬被单仍是温州百姓婚嫁必备之物。

蓝夹缬的制作有制靛、制作雕版、印染蓝夹缬三道工序。每道工序都有独特的工艺与操作要求。凤兰爸爸每年秋季去陡门山买来靛青制靛，雕版是请瑞安老司雕刻好的，印染蓝夹缬爸爸很有技术。蓝夹缬的图案取材广泛，形式多样，内容丰富，常见的有"百子贺寿""龙凤呈祥""状元及第""松鹤延年"等。蓝底白花的图案色调和谐，对比鲜明，粗犷质朴，简洁大气。温州蓝夹缬以其浓郁的乡土气息、鲜明的艺术特征、丰富的工艺美术元素深受人们喜爱，被列入第三批国家非物质文化遗产名录，在全国乃至国际上都有较大影响。

村里的老人对于旱烟筒，形影不离，四季相伴。长长的旱烟筒既是身份、年龄和资历的象征，又承载着老人一生的沧桑和许多老掉牙的故事。旱烟筒升腾的浓浓烟雾里，有春耕秋收的辛劳与惬意，有谈天说地的沉思和感悟，有家庭和睦、子孙绕膝的幸福与满足，也有琐事烦心的愁怨，更有对于生命真谛的真切感慨。

随着经济社会的发展和人民生活质量的提高，吸烟有害健康已成为人们的共识。不抽烟的人越来越多,抽烟的人越来越少,戒烟成为一种新时尚。越来越多的人不再吞云吐雾，而是积极锻炼身体，享受健康幸福的人生。

乡村货郎

　　炉山是个偏远的山村，凤兰来炉山才两个多月，那摇着手鼓，挑着货担的货郎在炉山出现很多次了。炉山村就是一个大队，由好几个生产队组成。农民刚刚"忙时吃干，闲时吃稀"填饱肚子时，城市的物品渐渐丰富起来，乡村日常生活用品却依然比较贫乏，货郎也就逐渐活跃起来。在商品短缺的年代，货郎是极有诱惑力的。货担是流动的商店，带给山乡人们满担的新鲜与希望。对孩子们来说，货担更是一个充满诱惑的存在。如果时间久了听不见这货郎鼓声，姑娘、媳妇们就会问："这卖小货的怎么还不来？我的锥子都用坏了。"那个接着说："我的绣花线也早没了，鞋面的荷花叶还没绣完呢。"

　　其实，各个村子尤其是偏远的村子每隔几天就会听到货郎摇着手鼓，大声地吆喝着"拿头发换针呃"。古铜声的破嗓子，清亮浑厚的声音搅得村子一片沸腾。货郎把货郎鼓摇得特别富有节奏，引得玩兴正浓的孩子丢下手上的砖头、土块、木棍子，飞快地向货郎聚拢而去，或走或停，嬉笑声、喧哗声又迎来购物的大人。姑娘、媳妇们就从屋里、村头、地头三三两两跑来，互相招呼着："货郎来了，货郎来了……"上了年纪的婆婆也拿出了几分威严，扯开嗓子喊着："卖小货的！快到这边来，我也看看！"远处的货郎，引来墙角抽烟汉子的几分羡慕与嫉妒。

　　货郎挑的木质红漆的货架像个四方的抽屉，上面是玻璃面，能翻上翻下，内中盛着购来的或者换来的鸭毛、旧塑料、头发、铁皮等可以带回城里卖的废旧物品。货郎的手鼓有长长的手柄，鼓面是羊皮做的，呈乳白色。鼓边漆成紫红色，上面固定着一圈金黄色的圆钉。鼓两侧各有一根短线系着个硬豆豆，摇起来两个硬豆豆敲打着鼓面，发出悦耳响亮的"咚咚"声。货郎一边摇着手鼓，一边拉着长腔喊："拿头发来换针呃，拿头发来换针呃……"孩子们则一边学着，拖着慢腔吆喝"拿头发换针呃……"，一边簇拥着货郎和货担，从这座屋跟到那座屋，满村了乱窜。

　　货郎放下手鼓，把担子放下来，一会儿工夫，周围就聚满了人。大娘、大婶们有的攥一把梳下或理下的头发，有的拿着破铜烂铁或旧塑料布、破塑料鞋递给货郎过秤，换回一些纽扣、锥子、针、线、发髻网等物品。大姑娘、小媳妇们叽叽喳喳地挑着针头线脑，还有扎辫子的头绳、丝带或绒花。那时不兴讨价还价，只是翻来覆去地挑，比一比哪把剪刀长出半个手指甲，哪把锁的弹簧跳动劲儿大，有时还将清凉油的瓶盖也打开，眯缝着眼量分量。小孩子也眼睛发亮，抚摸着自己喜欢的五色糖豆和插在货架上的动物形状的糖块，拽着大人的衣角央求着："我听话啦，买吧，买糖吧！"

　　货郎大都为人和气，好似不斤斤计较，还在木箱的沿上刻好了尺寸，大姑娘、小媳妇要买的红头绳、松紧带，小伙子们要买的钓鱼线，都是在这儿丈量的。每当这个时候，货郎总是在大姑娘、小媳妇、小伙子们的嘻嘻哈哈、拉拉扯扯中，一边嘴里嚷"不够本了，不够本了"，一边把手中的线绳又往外放出几寸来。所有人脸上洋溢着笑容，货郎也挂满了一脸的笑容摇着货郎鼓走了，心中暗暗盘算着挣了多少钱。

货郎来自浙江义乌的较多。据说，义乌的货郎在解放初期有几万人，他们的活动范围南至广东，西至湖南，北到徐州。货郎远走他乡，闯荡经营。货郎每到一个村，就把挑子放在路口或一座座屋的道坦中，从腰里拿出货郎鼓，边摇边吆喝，招引顾客。货郎云游四方，走到哪儿卖到哪儿，也就吃到哪儿住到哪儿。货郎喜欢走同一路线，借住农家次数多了，自然与农家人熟了，就会谈些他们家乡的事情。据说那地方的人穷，"半年庄稼半年跑，半年不跑吃不饱"，只好"出门跑外一担货，回家挑来一担粮"。一根扁担挑着货担走四方，挑着一家人的开销和希望。

货郎从小到大，逐渐学会了自谋生路，等攒了足够的钱，再回老家娶媳妇，成家后，大部分也就终止了游走四方的货郎生涯。有些虽然成了家，年纪也大了，但家境不好，又得重新挑起货担当货郎，大家称其为"老货郎"。也有一些轻松地挑着担子晃晃悠悠地走在乡间的货郎，因为见多识广，为人实在，挣钱有门路，被乡下姑娘看好，在当地结婚生子，扎下了根，不再回去了。

那时候的小孩子没有零花钱，大都用"鸡胗皮"换糖吃。鸡胗皮就是杀鸡后，把鸡胃剖开取出的里边的胃皮，将胃皮洗干净晒干便是"鸡胗皮"。每次货郎来时，围观的几十个小伙伴中总有一两个央求父母给换个哨子。而那些没有哨子的小伙伴，总是围在吹哨子的伙伴身边，苦苦哀求着借过哨子吹上几声过过瘾。

货郎和亲切的货郎鼓声，已经刻进了乡村那段物质短缺、生活单调的历史。当我们频繁进出现代超市的时候，无论如何也不会想起货郎的那段历史。但有一些东西会在我们记忆深处的隐秘角落盛放着，尘封着，不知道在什么时候就会轻轻地打开门，鲜活地走出来。

夏雨中的炉山村

　　夏天，老天爷的脸说变就变。刚才还晴空万里，艳阳高照，突然间西面的乌云就凝聚起来，低低的，黑白相间，翻腾着，滚动着，向炉山村扑来。那云厚得好像能拧出水来。天空越来越暗，远处的山、田野和树木纷纷隐藏进薄薄的云雾里。群山变得模模糊糊，朦朦胧胧，如同披着婚纱、羞羞答答准备出嫁的姑娘，透出几分神秘和凝重。

　　夏天的雨脾气急，说来就来。鼻尖上刚有点湿湿的东西，眨眼间，头发上、衣服上就落满了雨水。

　　雨中，弯弯曲曲的山路，像刚从梦中醒来的蛇，在大山的背上爬行。豆大的雨点打在山路上，先是悄悄融入沙土，不见了踪影，随着雨点越下越大，时间越来越长，山路形成了细密的水流，路面开始泥泞了。

　　斑驳的树叶被风吹落，纷纷飘落到山路上，飘落到水坑里。成排的石砌房舍薄雾蒸腾，雨水顺着屋檐上的瓦角凝成一排排的水流，哗哗落到地上。一颗又一颗，密匝匝的雨滴飘忽而至，来了又散，散了又聚，嘻嘻哈哈，打打闹闹地飘逝。屋前屋后的桃树、柿树、杉树周身淋漓，每一棵树都在摇晃着头颅，甜甜地吮吸着雨露，默默地生长。搭建在树杈上的鸟窝被雨围住，老鸟站在鸟窝之上，不时甩动被雨淋湿的翅膀，守护着自己精心编织的家园和幼小的儿女。淘气的幼鸟，偶尔从母亲的翅膀底下探出头来，飞快地瞥一眼外面的风景，又胆战心惊地缩回头去。淘气的麻雀仍不消停，叽叽喳喳地在树杈间跳动，像在寻找什么，又像在磨砺承受灾害的能力。那被拴在树脚下的老水牛，眼睛微闭，享受着漫天大雨的沐浴，细心咀嚼着往事，不时地摇摇尾巴，昂头"哞哞"叫上几声后又沉浸到甜美的梦境和凉爽的感觉里。

炉山村中的大路上很快形成了条条水流，驮着草屑、树叶、果皮和垃圾，你追我赶地汇集到村头的池塘里。那池塘的入口处，几块青石头被磨得光滑湿润，还长出青苔。池塘里的水草，伴随雨滴的飘落在摇摆，鲤鱼、鲫鱼在水中追逐嬉闹，有的竟然耐不住性子跳出水面，眺望池塘外面的景色。那蛙声或远或近，或高或低，演唱着至真至纯的天籁之音。有欢乐，有忧伤，有相聚，有别离。虽然单调却多情，繁杂却清晰。

放羊的山娃，头戴一顶斗笠，光着脚，挥舞着赶羊鞭，驱赶羊群往家走。老羊咩咩地叫唤着。而贪嘴的小羊全然不顾雨水和放羊娃的驱赶，依然把嘴伸得很长，去啃刚刚被雨水冲洗过的嫩嫩的山草。那小羊一会儿惊奇地四处张望，一会儿又跑到羊群的最前面，跳到路边的崖石上，伸长脖子，咩咩地叫几声。羊妈妈抬起眼睛，得意扬扬、漫不经意地应和两声，悠然自乐。

刚刚还在劳作的老农，这时都有了最得意的事情。他们有的披着蓑衣，戴上斗笠，索性坐在田头上，叼着旱烟袋，眯缝着眼睛，细心回味着雨打庄稼的声音，如同欣赏美妙的田园协奏曲；有的脱掉鞋子，挽起裤脚，站在田头，用锄头挖着排水沟，避免雨水淹没了心爱的庄稼；有的干脆扛着锄头，哼着小曲美滋滋地回家，盼着早一会儿端起斟满白酒的酒杯，解除劳动的疲乏。

伴着雨声，隐隐约约能听到潘老师的讲课声和学生们的读书声。炉山小学是培养山村希望和未来的学校。下课的铃声刚响了几下，孩子们便呼啦一声，像一群山间的小鸟，一个个小脑袋从教室的门口挤着钻出来，然后有的率先撑起雨伞，冲出教室急匆匆地往家跑。孩子们的叫喊声一时淹没了雨声。潘老师"一路小心"的叮咛，混着"老师再见"的童音，穿过雨声在村中路上一阵阵飘起。孩子们的身影逐渐模糊了，而潘老师还静静地伫立在学校门前，凝视远方……

林间的雾气越发浓重，沉沉地压在树林上，那高耸入云的大树和林间的花草、灌木挤在一起。草木你推我搡，凑在一起说着悄悄话，比着赛地长个儿。几只野兔从林间匆忙穿过，熟悉地跑回隐藏在密林深处的巢穴。慈眉善目的陈姓老人静静坐在门口，等待飞鸟进入撑在门前树上的旧渔网，盘算着自己有一顿美味佳肴。门口堆着一些农具和刚铲下的树枝，旁边是古朴的瓷水缸和葫芦瓢，火炉上铁壶里的水早已经开了，热气溢满了屋子。老人脸上时不时露出笑容，沉醉在往日美好的回忆里。

村东有一座水库，落了雨，混浊的水就涨起来，泡沫卷着树叶旋转，满目灰黄的颜色。孩童们瞒了家人，戴顶麦秸编制的草帽，在雨地里跑着，去捉青草间跳动的青蛙，捉了又放。

在这样的天气里，独步山野，欣赏山村千姿百态的无尽风光，滋长着无数穿越时空的遐想。山村的一切树木、庄稼，一草一木都异常兴奋，在雨中拼命地生长，展示自己的风姿。山川、屋舍、田野，都获得了新的灵气，增添了许多神秘。山村的人们与周围朝夕相处的一切融为一体，到处一片空灵，一派生气勃勃的景象。

夏雨的节奏和旋律,随着山村人宁静、淡泊、安详的心境,蓬勃着生命与自然的力量。

　　凤兰撑着雨伞,一路走向村头的池塘边。雨丝很密、很细、很匀、很柔,轻轻地吻着她的脸、她的手,脆生生、甜润润、凉爽爽……放眼向池塘望去,一片片圆圆的荷叶,撑起或深蓝或草绿的伞盖,细雨落上去,如蚕食桑叶,若石击深潭……每一柄荷叶都像一把神奇的乐器,弹奏出悠远清脆而让人沉醉的乐音。滴翠的荷叶,落上雨丝后若打了蜡一般,油光闪亮,迎光处明澈,背光处微暗,错错落落地遮住了整个荷花池塘。一滴滴雨丝刚栖落到荷叶尖,瞬间又收缩为小水珠,滑到叶中央,密密匝匝的,一会儿凝成晶莹的大水珠,滚动着,磨蹭着,嬉闹着。调皮的风把叶子弄翻,水珠或跳上另一片叶子,或一个跟头跌进荷塘里。

　　荷花更是光亮亮、鲜嫩嫩的,高高矮矮,肥肥瘦瘦,浓浓淡淡,或停或动,或尖或圆,或半开或怒放……有的牙雕般晶莹,有的白玉般剔透,有的玛瑙般绯红,雨中神态各异,如成群的仙女在洗浴,或抿嘴羞涩,或笑脸半藏,或聚首细语,恰似一幅幅巧夺天工的水粉画,一首首意境朦胧的抒情诗。一阵阵微风吹过,片片荷叶推推搡搡,把清香一缕缕送到岸边,送到人们的鼻中、心里。

　　雨与风,光与影,声与色,互相交错,彼此交融,在细密的波纹上流溢,流溢……

　　凤兰的脚步声惊飞了一只被雨淋湿了翅膀的小鸟,几滴水珠溅在了她的衣衫上。荷叶间,几只不知名的鸟儿在轻轻地叫着,是在觅友交谈,还是在寻找食物?一切生命在这神秘的荷塘里,这绵绵的雨雾里,萌发出一种难以言尽的渴求或期望。雨中荷花你遮我、我护你,你搀我、

我扶你，抓住季节吐叶展蕾，忙活自己的事；虽然屡遭风雨，仍相亲相爱，交臂挽手，盘根错节，紧紧抓住脚下这深深的淤泥，展露同一家族令人销魂的形体。

雨仍在淅淅沥沥地下着，在神奇而浪漫的荷塘上溅起一片云，一团烟，一片雾，一片梦。

傍晚的池塘气象万千，朦朦胧胧，虚虚实实，奇奇幻幻……

炊烟缕缕

　　千百年来，艰辛与苦涩的村庄，寂静而甜美的村庄，都是被清晨的炊烟唤醒的。乡间不知有什么能像炊烟一样长到天空的高度？不知道有什么比炊烟更能打动一个离乡人那敏感脆弱的神经？每天早晨，伴随公鸡的啼鸣，袅袅的炊烟从一户户农家的烟囱里升起。那炊烟，纤纤的，细细的，越往上越稀薄，最后慢慢在空中弥散开来，伴随着清风在天空下轻悠地飘荡，绵延数里，轻巧而空灵，仿佛是一位轻歌曼舞的少女，臂柔如无骨，身软如云絮；舞姿轻盈，如深山月光，如树梢微风，融天地之灵气，染晨昏之绚色……那情景，犹如一幅多彩的水墨画，或淡或浓，或远或近，浓淡相宜，意境悠远……慢慢地你就可以品味出空气中飘来的缕缕炊烟中的香气，暖心暖肺。傍晚，远处的农民扛着锄头下田归来，在一片黄昏里，村落的上空又飘起淡淡的炊烟。晚风徐徐地吹着，青烟向一个方向慢慢地弥漫，散开，还夹杂着牛羊鸡鸭归圈的叫声和母亲站在村头或路口喊孩子回家吃饭的声音，余音伴随着炊烟在雾气腾腾的田野上消散，乡村的夜晚便迈着安详的步子，踏着炊烟的节奏缓缓走来了。

　　山村缕缕蒸腾的炊烟，像顽皮的牧童坐在牛背上吹出的一曲淳厚的乡音，像扎着小辫的牧羊女扬起牧鞭呼唤羊群的一阵回音，像老爷爷

长长的胡须在风中舞动的画面,像叔叔大爷扛着犁耙锄头走回家的背影,又像一串乡间民谣中的休止符……炊烟是母亲的摇篮曲,是飘在儿时记忆里的水墨画,是古典田园诗中的韵脚,是游子心头的思乡情结。炊烟袅袅,与母亲伫立村头振臂唤儿回家的侧影,形成一幅最古典迷人、最撩人心弦的人物速写。

炊烟是山村永恒的色调,不论天气好坏,日子贫富,炊烟都与村庄相依为命,风来弯弯腰,雨来隐隐身,依然向上生长……故乡的炊烟奇妙无比,变幻多姿,同故乡的彩云一般,一会儿炊烟朵朵,一会儿炊烟条条,又一会儿炊烟缕缕,那般神奇,那般巧妙,那般丰富多彩,那般妙趣横生,那般富有魅力。炊烟袅娜轻盈,慢慢上升,悄悄扩散,在山村上空形成一层浅浅淡淡的薄云。因它的点缀,山村多了一份灵动,增了一份妩媚,添了一份淡雅。远远望去,炊烟笼罩下的山村真像一幅精致的水墨山水画……

炊烟的颜色和形态千变万化。如果炊烟的颜色是清淡的白色,那说明灶里的柴是干燥易燃的。假若炊烟是浓浓的黑色,或者是柴草太多了,或者是柴草太潮湿了,也可能是遇上了阴雨天。如果是股股浓浓的有黑有白的烟涌出,那肯定是刚起灶,刚把柴火点着。如果烟囱里飘出的是连续不断且透明的烟,那肯定是锅里的饭菜正在焖炖的时候。如果炊烟只剩下一丝轻薄的样子,那肯定是饭菜已经出锅了。

炊烟是乡下人一日三餐的时间表,是上工收工的哨子,是上学放学的标志,是故乡的生命图腾。农民在自己的土地上日出而作,日落而息,一日三餐,炊烟袅袅,那是人们渴望了多少代的幸福生活。虽然物资贫乏,但人的心是单纯的,是和善的,是真诚的,情也是温暖的,连炊烟都是柔软的。从炊烟上你能明显分辨出乡亲们日子过得好坏。谁家的炊烟浓，烟雾长，底火旺，谁家的日子就红火，就好过；谁家的炊烟薄，烟气短，日子就难过，就难熬；谁家的烟囱不冒烟，那可能是断炊，生不起火了。

山村上空，老家屋顶上的袅袅炊烟，是一道美丽的风景，是人们永远走不出的眷恋。

炊烟是联结家和幸福的彩带。每当太阳冉冉升起或者徐徐落下时，故乡村庄上空那丝丝缕缕的炊烟，更像妈妈伸出手臂，在一声声呼唤着、期盼着远走他乡的儿女。这故乡的袅袅炊烟啊，一回望就令人心碎，一梦见就令人心驰神往。在渴望温饱的时候，炊烟里散发着开春时节的野菜清香，饱含着深秋第一次番薯下锅溅起的丝丝香气……

年少时每每放学归来，远远地望见夕阳下自家的烟囱正飘起淡淡的青烟，立即断定："哦，妈妈在家，妈妈正忙着做饭呢！"心中顿时就涌起温暖、踏实的感觉。各家各户的屋顶都飘起袅袅的炊烟，映衬着西天的夕阳，一会儿工夫村庄的上空就弥漫起缕缕炊烟。缠绵的炊烟贴着瓦房，沿着村庄的走向，随着风的方向蔓延。

炊烟吹老了岁月。在炊烟的升腾中，现出妈妈在火光映照下的脸以及脸上那深深的皱纹。或许，只有妈妈自己才最了解那皱纹里深藏的风霜、坎坷与艰难；或许，只有这炊烟才最清楚妈妈的脊背是怎样一天天驼下去，妈妈的脚步是如何一天天变得迟缓。

在那个年代，山村里的人不讲究吃，不讲究穿，可单单就讲究烟囱高、烟囱直，图个烧火旺、不眯眼、不熏墙。因此，家家户户的烟囱都垒得特别高，烟囱孔也留得特别大，幽幽青烟从烟孔中喷出，便给人感觉

日子蒸蒸日上。一眼望去，家家炊烟各不相同，有浓黑的烟雾，有雅白色的烟雾，有淡青色的烟雾，也有幽暗灰色的烟雾，那是烧火的原料不同所致。家家炊烟袅袅，无风时直线上升，在半空时消失，有的与低层云会合，游离乡野。微风轻拂，炊烟随风摆动，有时弯弯曲曲像条烟河，有时轻飘飘似浮云，有时又像一条条狭长的丝绸带子，绵绵不断，缠绵不休。有的烟囱时而喷出一股股火花，带着浓黑的烟团向远处飘去，飘向四野，飘向天边。记得爷爷在世时，家里大年初一煮水饺用的柴草是有规定的。自秋天开始，爷爷就把黄豆秆和芝麻秆留下，瞅个好天气晾干，把杂草挑干净，用番薯藤或稻草绳捆好，单独找个干燥地方存放好。黄豆秆和芝麻秆结实、耐烧，会冒出乳白色的烟，说明家里柴草充足、日子富裕。再者黄豆颗粒饱满，象征子孙有福，芝麻象征着来年日子像芝麻开花节节高。大年初一，爷爷看着灶膛里的黄豆秆和芝麻秆燃起的蓝幽幽的火苗，看我们穿上新衣，冒着雪花，蹦蹦跳跳地点燃鞭炮，便捋起花白的胡须幸福地笑了，对新一年的生活充满自信和憧憬。

年复一年，岁月如歌，炊烟在记忆里，在我们的欢笑中，在我们成长的脚印中袅袅升起。多少年了，妈妈大都一边烧火，一边忙着蒸煮炒炸，她对家人的心思就像燃烧着的炉火。我记忆中最好吃的就是锅贴了，锅贴的背面被铁锅烙得焦黄喷香，加上淡淡的炊烟味，吃在嘴里醇香醉人。我年幼时，常帮着妈妈一同做晚饭，听着火苗在灶间噼啪作响，闻到那熟悉的炊烟的味道，心里别提有多舒畅了，那是童年多么幸福的时光啊。那缕炊烟在屋顶上升起，每每想起，我就知道它又将在我的梦里飘摇了。

岁月的风，可以吹走故乡的容颜，却吹不走山村的尊严，吹不走浓

得化不开的乡情。初春,炉山村的一头老黄牛病死了,开春农活刚要开始,牛死了,村干部感觉没尽到责任,担心农活受影响,很是伤心。其实,全村的人特别是小孩子们心里都偷着高兴。不是大家觉悟低,而是因为生活困难,大家从年头到年尾吃不上一顿肉,沾不着多少油花,确实嘴馋。几位技术过硬的男劳力在村仓库旁边迅速垒起临时煮牛肉的灶。孩子们就围在那里,贪婪地盯着牛皮被扒掉,整只牛再被肢解,被洗净,被一块块放入锅里……当缕缕炊烟袅袅娜娜地升在半空,映印在蓝蓝的天上,一幅绝美纯洁的画面便定格在了村庄的上空。

炉山村有两个生产队,炉山本地是第一生产队,还有一个自然村属于炉山村,是第二生产队。傍晚时分,神气的村长(也是队长),双手叉着腰,大声吆喝着,招呼社员们来队里分牛肉。大家生活清苦,分点肉也舍不得吃。全生产队上百口人,每人分不了几两肉,肉少了在自家的小锅里也炖不出大锅的味道和感觉。队里支的那口大锅,挑上几担水,把骨头、牛杂碎洗净放进锅里一起煮,也可以说是炖。分完肉,就等晚上分牛肉汤了。各家各户都可以分得一盆牛肉汤,还包括几块牛骨,一些牛杂碎,这些东西比那点肉更实用、更解馋。在皎洁的月光下,全队老少都提着水罐、水桶、菜盘,大家自觉按次序排着队,那是一幅记载着山乡群众真实生活渴望与状态的乡俗风情画。分牛肉汤已到了深夜,孩子们大都熬不住了,或倒在草堆里,或趴在父母背上睡着了。

夕阳中的炊烟,总是让人忆起年迈的双亲伫立村口,一双望穿暮霭的眼眸,痴痴地等候和期望着儿女们匆匆的归程。人们望见一座座房屋上空升腾着的一缕缕炊烟,内心会产生莫名的感动,那炊烟升腾的是一缕缕幸福,是人们安守着的一份份温馨。望见炊烟,悠悠往事凝聚胸

间,忽浓忽淡。

　　山村的炊烟是清纯的,经常像柔柔的轻纱一样飘在山村的上空,缠绕在山峦的腰间或头顶,把清贫、偏僻的小山村打扮成了藏在山套里的世外桃源,使人们每每回望炊烟,便会醉倒在比陈年老酒还要醇厚的乡情、还要绵长的乡意里。

　　人生究竟需要什么样的生活,什么样的生活才能让人的心灵始终处在宁静安逸的境界之中?都市也好,乡村也罢,不管哪种生活方式,在我们的生活有了基本的保障之后,更重要的是追求一种人与人之间的和谐安康、轻松舒适、自主自如,这样的生活也许才是真正的生活。

　　如今,随着人们生活水平的日益提高,乡村大都改变了烧柴草做饭的生活方式,用上了煤气或者燃气,做饭烧菜只需要拧一下就可以了,省心、省事、干净。炊烟也逐渐淡出了古朴的村庄记忆。袅袅炊烟虽然富有诗情画意,让人内心产生无限遐想,但那种安逸与悠闲的背后是生活的艰辛和无奈。人们希望所有还在和炊烟打交道的农民能够早早告别炊烟,告别那烟熏火燎的生活。让炊烟作为一道亮丽风景,储存住情感的浓彩真色,飘舞在我们的记忆深处吧。

　　炊烟穿越五千年农耕文明的历史,任凭风吹雨打,也不会被风雨折断。一代代农民在老去,但村庄不曾老去,炊烟未断,人烟兴旺。

第四章　阵痛

　　凤兰生养六个子女，经历了多次天塌地陷般的临产阵痛，这是女人的痛。

　　女人，尤其是母亲，都会以她特有的坚强和隐忍，支撑起一片可以躲避风雨的天地。

肚腹大了

　　1966 年 7 月 5 日，炉山小学放暑假了。凤兰和丈夫一起从炉山起早步行，一路经应坑、山坑、石匣、表山、南岸、溪口，到家已是下午四点多了。凤兰从炉山村返回家后，肚腹一天天大起来，行动不大方便，但还是洗衣做饭，忙个不停。晚饭后，就忙着给肚里的娃裁剪衣服。天气这样热，确实不是捏针动线的时候啊。没几分钟，衣服就湿透了，但是，凤兰还是坚持着。

　　丈夫早上用板车替客人拉杉树去沙头，一板车杉树五百斤至一千斤，这是重体力劳动。

　　在暑假里，丈夫不是种山，就是用板车拉货赚钱，没有一天闲的。

　　已是深夜，凤兰吹了灯躺在床上，耳朵竖得就像野兔，听着道坦里的声响。有叽叽咕咕，有窸窸窣窣，多种的声响里，就是没有门声。凤兰等了又等，眼皮渐渐合拢，终于昏昏沉沉睡过去了。

　　凤兰是被鸡叫惊醒的，这座屋的一只鸡公喊出了第一声，一只领了头，便有一群跟着，喔喔啼个不停。远处，别座屋的鸡叫声此起彼伏，隐约可听见。凤兰脸上辣辣的，像撒了一层胡椒粉。睁开眼睛，眼前晃动着两盏灯。那灯有些怪，生着绿莹莹的钝光，有些像夜里行路时看见的鬼火，唰的一声，凤兰身上的汗毛针似的竖起来了。过了一会儿，她才醒悟过来那是丈夫的眼睛——步升正站在床前，弓着身子看她。丈夫的脸凑得很近，近得她都能听得清他毛孔里嗞嗞冒出来的热气。凤兰心痛了，大声说："你这样白天黑夜地干，人的身体怎么办？今天在家休息吧！"丈夫大声回答："没有关系，吃得消！"

凤兰蹲在大岩塔溪边，拿一个木勺在水里捉溪虾。这两天捉虾的人很多，都抢在大清早天还没亮透的时辰。凤兰不跟人挤，偏偏挑了黄昏时。晒过了一整天日头的溪虾眼睛是瞎的，身子也最懒，在水里岩下一窝窝地藏着，捉几下就是一勺——已经攒了小半桶了。

现在家家的碗盏里都能看见溪虾。溪里的虾再多，也禁不起乡村人的一日三餐。谁知道眼下的情景还能维持多少时日呢？得省着点吃。于是想好了几种做法，一部分水煮，蘸酱油醋下饭。剩下的，就拿盐腌了，摊米筛里晒干，留着慢慢吃。

凤兰看了看桶里的虾，够两三天的量了，就歇了，把木勺丢进桶里，提着桶往家里走去。日头几乎落尽了，身后起了些风。风不大，却长了嘴，啄在她的脊背上，就觉得衣裳单薄了些。

手里的木桶越来越沉，她的步子也渐渐地慢了下来。其实这点重量，在平日实在算不得什么。她在娘家的时候，虽然没有下地劳作过，却也帮家里挑过水、捣过米和打过年糕。她明白走不动路，是因为她怀孕身体笨重了。腰身一天一天渐渐地饱实起来，她原也不觉得，可是身上的衣裳忍不住告诉她了。裤腰开始觉出了紧，尤其是蹲下再起身的时候。凤兰是个节俭的人，心里盘算着，明天回趟娘家，问大嫂要几件宽松些的衣裳。大嫂生过五个娃娃，家里有一堆怀孕时穿过的旧衣裳。

凤兰走上了桥头，远远地瞧见了一群蝇子，黑云似的在桥栏上，嘤

嘤嗡嗡地聒噪着,声响震得人耳朵发麻。她知道它们叮的是那团糊在桥上的蛇肉,因为旁边有一个蛇头。凤兰憋住气,怔怔地看着脚下的路,眼睛不敢往那个方向斜。

"谁把死蛇放在这里,真不该啊。"凤兰暗暗地说道。

突然,凤兰的肚子抽了一抽,有样东西狠狠地顶了她一下。她怔了一怔,才明白是她肚子里的那团肉。那团肉长了脚也长了胆,那团肉在隔着肚皮踢她。凤兰捂住肚子,在路上站住了。

凤兰终于慢慢地走过了石桥,过了一会儿就到岩坦街上,街上来来往往的人有许多。她的鞋底在路面上擦出窸窸窣窣的回音。燕子,在蓝天中箭一般翻飞着,冲散片片白云,飞向远处,只看到长长的电线上布满黑色的密密麻麻的细点。

燕子只知秋天凉了,飞到富庶的南方;春天到来,又飞回风和日丽的北方。

雨

凤兰拿着大嫂给的一袋旧衣裳往家走，走过岩坦街，晴朗的天上忽然布满了乌云。一股尖劲的凉风，穿透了重闷的空气，从她身后疾速吹过来，吹得她后背冰凉，满身腻烦的汗，几乎结冰，这感觉又痛快又难过。但她那时的注意，却不在身体上，而在这凶兆所预告的大变，她在书本中学得的洪水泛滥、天翻地覆、皇天震怒等字句，立刻从她脑子里跳了出来。

凤兰快步走着，尽力地走着。沉闷的雷声，已经在头顶上发作，几分钟后石板路上噼啪作响，仿佛马蹄在那里踢踏，重复停了，如此做了几次阵势，临了紧接着坍天破地的一个或几个霹雳，扁豆大的雨点，就狠命狂倒下来。

雷雨到了猖獗的程度，只听见自然界一体的喧哗。

西南角的六堆里，不时放射出闪电，穿过树林，仿佛好几条紧缠的金蛇，掠抛光景，一直打到学校教室的窗玻璃上，像几条铜扁担，同时打出一块磨石大的火石，金花四射，光景夺目。

雨怒注不休。云色虽稍开明，但四周是雨激起的烟雾苍茫。凤兰高兴地看到，几十步远的一棵大松树底下，有两个人站着，但他们分明是避雨。他们在那里划火抽烟，想等过这阵急雨。

　　雨已经下了十几分钟，益发大了。雷电都已经停止，天色也更清明。风兰眼前现出绝美的一幅图画——绝色的建筑，绝色的绿草，绝色的垂柳，绝色的田园。草地上有三两只小雀，时常在跳跃。平常高唱着的黑雀却都住了口，大约伏在巢里看光景，远处偶尔的莺啼，散沙似的从天空中撒下。新奇已经过去，满眼只是一体的雨色，满耳只是一体的雨声，避雨的两位已逃入邻近的屋子里——在大雨里淋着，头发已湿透并不断流下水珠，前后左右淋个不停，倒觉得无聊起来。

　　西天的云已经开解不少，风兰想着雨一停一定有奇景出现，她立定主意和雨赌耐心。她向道坦中的水中看，有无数的东西在急涡中乱转，还有几个不幸的虫蚁也葬身在流水之中。

　　又过了足足十分钟，雨势方才收敛。满林的鸟雀都出了家门，使劲地欢呼高唱。此时云彩很别致，西中北三路，还是满布着厚云，并且极低，似乎紧罩在校舍上，但颜色已从乌黑转入青灰，东南隅的云已经张开了一个大口，这精悍的烈焰，和方才初雨时的闪电一样，直照在小学校舍的上部，将一带白玻璃窗尽数打成纯粹的黄金。

　　未然之先，万象都只是静，现在雨一过，风又敛迹，天上虽在那里变化，地上还是一体地静；阵雨后的空气，已经彻底洗净，青草绿树经过了恐怖，清新自喜，益发笑容可掬，四围的水汽雾意也完全灭迹，这静是清的静，和悦安舒的静。在这静里，流利的鸟语，益发调新韵切，宛似金匙击玉磬，清脆无比。

　　风兰胸头塞满喜悦、惊讶、爱好、崇拜、感奋的情绪，满身神经感到强烈痛快的震撼，两眼火热地蓄泪欲流，同时自顶至踵完全湿透，头发不住地滴水。她想，假如有人见我，一定疑心我落水，她绝对不觉得体外的冷，只觉得体内的热。

中秋节的思念和牵挂

一场雨和一场雨之间，秋，不经意间轻悄悄地到来。

来不及远走的八月，云淡风轻。傍晚的东岙村，空气里充满盛夏遗留的气味。东岙殿后道路边形形色色的树，眨眼间绿得层次分明。飒爽秋风下，平日波澜不惊的湖水，一波赶着一波，动荡、起伏、惊心动魄，仿佛整个夏季，都蛰伏在静静的湖底，积蓄力量，不动声色地等待秋天。

瓦蓝瓦蓝的天，大朵大朵的白云。大路上来来往往的人，擦肩而过，熟悉和不熟悉的，一切与平日没有两样。迎面吹来习习的风，扬起碎花的裙摆，清爽、飘逸，拂过路边香樟树的婆娑，一步一步泄露了秋的踪迹……总以为日子一成不变，一回头时猛然发现，秋天，以一种恣肆和张扬的形式，铺天盖地地活跃在一草一叶的呼吸间。

正是好时候，不论是季节还是人生，于潜移默化间变得敏感、生动、温润，舒张着某种不言而喻的成熟和愉悦。

譬如今天，一大早雷声轰轰，顷刻间下起了瓢泼大雨，路上积满一洼低一洼高的水。一场秋雨一场寒，我们无法预知什么时候下雨，什么时候天寒，如同藏在内心深处的某些情感，不知什么时候沉寂，什么时候泛滥。

月亮从东山顶上慢慢升起来，将一片片白净的光泼洒在山中，泼洒

在哗哗流动的水面上，泼洒在山村。月光照到的地方，一片白亮，纤毫毕现。月光没照到的地方，就有点阴暗。而笑声、闹声，在有月光和没有月光的地方响起。而庄稼的香味，在有月光和没有月光的地方淡淡地浮荡。

山村，荡漾着一片温馨。

牵挂是精神的寄托，是灵魂的依偎，有时甚至是心灵的煎熬。有了牵挂，人生才有喜怒哀乐，才有酸甜苦辣，人生也才变得充实、完美和完整。牵挂就像寒冬里的一缕阳光，让人在寒冷中享受到温暖；像跋涉沙漠时突遇一泓清泉，使遭遇困境的人陡然看到希望；像漆黑无助的夜空中响起一首轻柔的歌谣，使孤独的心灵得到慰藉。牵挂，成为人生旅途中一道五彩的风景。

牵挂是人们心灵深处的美丽情结，是人与人、人与家庭、人与社会之间最为珍贵的一份情感。因为有了对亲情、爱情、乡情的牵挂，生活才增加了许多的遐想和渴望；因为有了那份牵挂，人间才充满了温馨，才丰富多彩。对亲情的牵挂，让我们懂得了养育之恩的艰辛、伟大和无私，以及责任的神圣；对爱情的牵挂，让我们明白了真情的珍贵，相互信任、相互理解的无上价值；对友情的牵挂，让我们学会了理解人、鼓励人、尊重人、成就人的行为和宽厚善良仁慈的处世准则；对乡情的牵挂，让我们明白宋之问"近乡情更怯，不敢问来人"那种痛苦矛盾的心理和对故乡难割难舍的纯真情感。

人活在世上，总会在某一个时期或者某一种生存状态下生出许多情结，这种情结的产生是一种强烈而无意识的组合，内心世界的外在感受和表现就是牵挂，可以说牵挂是一种生命形态，也是内心世界的一种表现形态，是所有人都要寻找，都会经历和珍爱的精神家园或心理磁场。一个人若有另一个人可牵挂，是一种幸福；一个人若被另一个人牵挂着，同样也是一种幸福。

人的一生始终被亲情营养着，包围着，也可以说是在牵挂中一天天长大，一年年变老。小时候时刻被父母牵挂着，守护着；进入青年时期，结婚生子，仍被日趋年迈的父母牵挂着，自己既是被牵挂的人，也成了牵挂父母和妻儿的人；自己年老体迈，更多的是牵挂子女。如果自己虽已年迈，但白发苍苍的父母依然健在，那份牵挂又特别让人激动，让人兴奋，更让人羡慕和珍惜。牵挂与被牵挂，在我们的生命中是不可缺少的重要内容，有时甚至是生命的全部意义和所有价值。有一份牵挂，似乎有一股暖流在心中荡漾，整个身心会温暖如春；牵挂就像生命中无形的丝带，穿越岁月和距离，穿越悲伤和恩怨，千丝万缕地牵系着心灵。对我们生命历程有过重要作用的人，我们总会依依不舍，铭刻在心。因为有了牵挂，我们才学会耐心等待，才学会义无反顾地祈祷，才会在极其困难的时刻盼望甚至坚信奇迹的出现。这就是牵挂的魅力和魔力。

父母对子女的牵挂，就像一片纯洁的白云，会跟随着候鸟，虽然穿越千山万水，仍然萦绕在子女心头。兄弟姐妹之间的牵挂，有如山间清溪，清澈透明。夫妻间的牵挂，却似一首婉约缠绵的宋词，灼心的相思有时会使泪沾巾。朋友间的牵挂，虽然不含血缘关系，但能给人以无穷的温暖和力量。牵挂，是实在的，是真切的，是看得见、摸得到的。譬如，端一杯水，买一袋药，流露着牵挂；问一声"早上好"，道一声"晚安"，表达着牵挂；一个电话、一句留言、一个眼神……无不包含着牵挂。

牵挂有时候也会让人伤感，在心头打一个理不清、道不明的心结。

牵挂包含了太多的内容，也承载着太多的寄托。牵挂不仅意味着付出和给予，也意味着收获和满足。许多事情不一定有好的结局，因而我们不仅要承受失落的无奈，有时还要经受伤痛的体验。

人进入青年时代，开始谈婚论嫁时，会感受到被人牵挂或牵挂心爱之人的幸福。心中开始有股冲动，一颗心牵着另一颗心，滋长出惦记一个人所带来的酸甜苦辣时，有时甚至夜难入寐，这种牵挂往往含蓄而真诚，刻骨而心痛。那份寄托和依恋，在彼此的牵挂中，相互关爱着、相互欣赏着、相互祝福着，同时给对方带来了温暖的记忆和快乐的遐想。当你的心里有了一个让你为之牵挂的人，你会从心底滋生出许多莫名的惆怅和担忧，以及许多莫名的骚动和折磨。你会在乎对方的所思所想，也会在意对方的所言所行。因而牵挂有时是一份美好的感受、自然的成熟，又是一种痛苦的折磨、长久的期待。品尝痛苦，有时也是牵挂的真实体验。

小的时候，不明白父母总是没完没了地唠叨，其实父母的不放心是世间最真挚、最无私的牵挂。我们一生中会爱很多人，亲人、朋友、爱人……他们会让我们牵挂，难以释怀。我们常常会因为牵挂的人的成功而喜悦，因为他们的失败而沮丧，因为他们健康而安心，因为他们生病而担心。

牵挂，是美丽的情结，是来自人类情感的最珍贵的礼物，是灵魂与灵魂的碰撞，是心与心的倾诉，是一颗心对另一颗心的惦记，可以联结亲情，联结友情，联结爱情。

牵挂是一份亲情，一缕相思，有牵挂才会幸福，有牵挂才会有爱。

生养六个子女

　　时间过得真快，中秋节后又一个多星期了，已是八月廿四的夜里。白天，凤兰去碾米厂碾了六十多斤稻谷做米，夜里，凤兰刚睡到床上，肚里的孩子就再也不肯柔顺安生地待着了。他不停地踢她蹬她，踢了一脚又一脚，一脚比一脚狠。一股尖锐的疼痛从腰腹之间弥漫开来，她的身子弓成了一只草虾的样子，额头的汗珠如下雨般向下流。

　　又来了，疼。只觉得天花板倾斜过来，满房子飞着色彩怪异的星星。她的眼睛被割瞎了，世界陷入一片没有一丝裂缝的黑暗中。她撕心裂肺地喊了一声："步升！"头重脚轻地昏了过去。

　　凤兰过去也不是没挨过疼。八岁那年，她帮爸爸加工靛青夹被，爸爸在劈柴片时，一大片柴片飞来把她的脚背扎破了，血流如注，痛得她哭叫不止，至今脚背上还有一个银圆大的伤疤。还有那回从岩坦中学回来的路上，一调皮蛋用弹弓把铜钱大的一块石子弹到她的手上，起先还不怎么觉得，一回到家，她才觉出了疼，到岩坦医院检查才知道是骨折了。

　　可是，那些疼又怎么能与此时的疼相比呢？那些疼是皮肉的疼，是骨头的疼，这个疼却是慢刀剜心的疼，这个疼让那些疼都变成了痒。这个疼把时间扯成一条没有头也没有尾的长绳。凤兰在房间里待了几个

时辰，却觉得已经挨过了整整一生。这个疼让她过去二十一年的日子，快得就像一眨眼的工夫。

在房间里，她不知冷，也不知热，只觉得疼，疼把所有的感觉都占据了。她实在忍不下疼的时候，就把衣袖塞进嘴里用牙齿紧咬着。她不能喊，怕招来人。不知何时，这件衣服的袖子已经破了。

可惜啊！可惜了一件只穿过几次的新衣服。

这件衣服是同丈夫一起去炉山小学时丈夫在供销社给她买的，只穿了几次不舍得穿。这时她想起了丈夫，丈夫在八十多里路外的炉山小学。

记得以前妈妈跟她说过，女人生孩子就是过一趟鬼门关，和阎王爷的脸就隔着一层纱。妈妈也说过，女人生孩子是一只脚踏棺材里，一只脚踏棺材外。她不知道鬼门是什么样子的，而棺材是什么她是知道的。可是她不怕，她没有力气了，她不想去抗那个疼了。就让那个疼拽着她，一步一步地把她拖进鬼门关去吧。迷迷糊糊之中，一股轻风和天鹅绒将她整个裹挟着卷入了黑洞，越来越深。

她努力睁大眼睛盯着窗外，那是她保持清醒的唯一方法。还没容她把身子松懈下来，一阵温热突然从她腿间流了下来。这股温热很有劲道，像山洪裹挟着石头般扯着她的五脏六腑哗的一声冲出了她的身体。过了一会儿，她才意识到她的身子空了，是没着没落的那种空。

她觉得一样东西，正在她的两腿间蠕动着。她欠起身，就看见了那团肉。那团肉还在她肚子里的时候，把她的肚子撑得像座小山，可是出了她的肚子，却是这样的瘦小，小得就像没来得及长好就僵在了枝蔓上的一个冬瓜。手掌脚掌脸上全是千层饼一样的皱褶。她只是没想到，这团九个月大的肉竟长了一头的好发，粗粗的，密得像一树林子的松针。这时正是一九六六年八月廿五日下午四时五十五分。

刚从她的身子里掉下来，这团肉和她中间，还连着一根青紫色的绳——凤兰想那就是脐带。她在抽屉里拿出剪刀，用红汞和碘酒消了毒，便把脐带剪断了。那块肉被翻了身，嘴里发出了吱吱呜呜的哭声。

是个女孩。

她用衬衫把孩子裹起来，抱到了怀里。这时她闻到了一股清香，不知是桌上香水瓶里散出的香还是孩子身上的香。刚开始她只是呆呆地坐着，过了好一会儿，脸上才松弛下来，慢慢露出了笑容。

又过去了一个多星期，丈夫在学校才得知有了女儿，就请了假，第二天摸黑起早马不停蹄地赶回家。虽然是八十多里的山路，到家还只下午二时五十分钟。看到妻子和女儿，丈夫脸上露出了微笑，当下给女儿取名为丽芬。

自从女儿丽芬出生后，凤兰在家的日子很少，只有丈夫在家时住上几天，其他日子都在岩坦娘家住。

时间如流水，过得真快啊！一晃又过去了半年多。

这一天，隔壁邻舍两夫妻吵架，妻子被丈夫打得哭天喊地叫个不停，可怕极了。凤兰的心肠太好了，她不顾自己的身体，毅然过去相劝。不幸的是那男子一棒子下来，刚好打在凤兰的肚子边，她就倒在了地上。她尽力爬起来，又倒下了，又尽力爬起来，终于站定身子，慢慢移步走回家。她感到身体十分不适，肚子有点痛。真是天有不测风云啊！

过了几天，她才去岩坦医院看医生，医生也看不出什么，只是叫她去温州医院检查一下。

两个多星期过去了，暑假到了，步升从炉山小学回到家。凤兰把情况告诉了丈夫。次日，凤兰与步升起身去往温州，当天就到温州，夜里住在戴胜钦叔叔家里。

第二天，来到第一医院妇产科，女医生询问凤兰的情况，问这问那，详细极了。还对凤兰进行了仔细的检查，十分认真。最后在医疗诊断书上写了密密麻麻好几行字，其核心内容是畸胎。

回到家里后，凤兰脸色蜡黄，心情烦躁不安，身体的不适感越来越严重，腹下部疼痛。十几天后的一天近中午，凤兰身上掉下了一个比手掌小一些的胎儿，长长的。凤兰的妈妈这几天都在照顾她，看到这个长长的小胎儿，说长长的是男胎，真可惜啊！

从凤兰产下的这个胎儿来看，凤兰得的确实不是畸胎病。实际是邻居的木棒子打伤了胎儿，致使胎儿不能正常发育，并使凤兰的身体受到极大的损害。

步升想到爸爸的表兄弟方岩林表叔，他是永嘉县知名的草药医师。

一天，步升请来了方岩林表叔。表叔很认真地听着，有时还问凤兰一些情况，说凤兰的病况他已经清楚了，这种病人他以前医好了好几个。

步升和凤兰一起问表叔："凤兰的生育是不是会受到影响？"

表叔说："凤兰的病一定会医好，生育也不会受到影响。"

表叔说出了两种草药，一种是野棕榈，另一种是山姜。

表叔又说，把这两样草药挖来洗净，同老母鸡煎煮，熟了吃鸡和汤，三剂就可以了。野棕榈不可多吃，很克的，一剂三株就可以了。

步升听人说，本村观前山上就有野棕榈。这一天午饭后，他拿起锄头就上山了。观前山,步升记得还是清楚的,因为小时候经常跟着爸爸在观前山种田或者砍柴。步升只走了二三十分钟就到观前山上,在山上真的看见了野棕榈。

在清明节后的第三天,步升来到黄南乡的溪滩坑村,想挖一些山姜。

这村里有凤兰的一个好姐妹,名叫戴招弟,娘家是岩坦村的,也是外新屋房人。

戴招弟十分好客,一见到步升就说:"姐夫,今天下午在这里玩一下,明天起早叫我家那个领你上山挖山姜吧。"她说的是她男人周寿贵。

第二天很早,天还没有大亮,周寿贵就带着步升上山了。他的小袋子里有两个麦饼,是戴招弟给二人预备的午饭。听周寿贵说,双峰尖上有山姜,今天二人就是去双峰尖。虽然昨天晚上下了几个小时的雨,今天可是丽日春风。

一路向东。映入眼帘的是一塘水,一色滑溜溜石头砌成的理塘。水中浮着三二鸭,塘边的草地上有两只大白鹅在津津有味地吃着草,茶林、柿树、杉树,山溪,奇石,峭壁,还有随处可见的杜鹃花,一簇簇红艳艳的,如火如荼地绽放。

沿逶迤石板路,大小不一的石块,从溪间铺出一条石径,到达一个石砌的篱笆,越过一个栅栏,巍巍然一座石屋,柴门紧闭,门前两株乌桕,树芽开始萌动了,树枝隐隐吐绿。然而离绿叶婆娑还早。柏树上有一硕大鸟巢。石屋边有几丛翠竹,或挺拔,或青翠,阳光暖暖,仿佛空气里荡漾着诗的酒香。过长长的石阶,奇石耸立,山体裸露,巨石飞突,细藤悬蔓。人行其中,一边悬崖万丈,一边奇石巍巍,薄薄的土层,长着枝

繁叶茂的松树，夹些细竹，奇景中充满诱惑。

顺势下崖，进锦绣谷底，奇石堆积，踩窄窄石路，贴峭壁，小心翼翼，眼前一道人工坝，坝下是奇形怪状的山石峡谷，坝前蓄起一片碧澄澄的水潭，一眼望去，绿波荡漾，野鸭戏水。临近潭边，水中突兀一石，光洁可鉴。绕潭而行，地平土肥，一畦畦菜地，种有球菜、大蒜、葱、南瓜，还有满眼望不尽的野韭菜，肥瘦俨然，翠绿可爱。平底边依山有一茅舍，几株绿树，石桌木凳，是中途小憩的绝妙场所。

越过几处茶林，来到了双峰尖下传说中的十二"螺丝拐"，才真正开始攀爬。顺坡而攀，坡陡而险，左边是山，右边是崖，密密的松树到处都是。林深树密，奇石险峻，沿路见粗粗细细的藤蔓，黑乎乎的枝丫，夹杂着绿叶和不知名的紫色花，在触手可及的头顶，织成天然的屏障，偶尔从叶缝间漏下一点点斑驳的光影，扑朔迷离。一条峡谷，巨石林立，忽宽，忽窄，忽而温柔如西施浣纱，忽而咆哮似春雷滚滚，一步一景，险象环生。依峡谷扶摇直上的石阶路，镌刻着岁月的沧桑，接连着密集的树，峭立的石，每一步都衬出不一样的风景。

越爬，山越高，石阶越窄，视野越开阔，一路奔涌在峡谷间的泉水声，也越来越响。走走停停，看看，赞赞，叹叹，在越过无数的奇石峭壁，走过无数的台阶后，上到一处宽宽的平台，凉亭，石壁，深水潭，一挂瀑布，飞流直下……瀑布美如画，这画里有一半的景致，是属于峭石的。一排排奇形怪状的石，斜斜地插在崖上，掩在树间，或卧在泉水中，千百年来它们沉默，坚韧，烘托出从天而降的瀑布，一泻千里，不羁，奔放，动感十足。

气喘吁吁地爬上来，回头一望，春水共长天一色，风景如画，立体分明。朝上，石阶顶端，斑驳石墙围山而立，昂昂然一夫当关万夫莫开的石门洞，一幢土墙老屋，瓦灶断壁见证了多少历史风雨？路随山转，景随路深，山巅折弯处见兰竹丛丛，根根奇秀，吸一口气亦是清新幽雅，根根修竹在聆听着这山之静、林之寂。

登上双峰尖，人仿佛飘上云端，听松涛阵阵，万壑千山，层林尽染，斑斓的色泽，宁静的云天，满山风景一下子显得格外葱郁而凝重。这一刻，仿佛所有世事归零，一切如过眼云烟。小小的步升，静立成这大山里的一块石、一株花草、一滴露水。

寿贵和步升的肚子都饿了，各自狼吞虎咽地吃了一个麦饼，还喝了一些清甜的山泉水，真真是心满意足了。

突然，周寿贵的手直直地指着一丛山姜，大声对步升说："姐夫，这就是山姜，不远处还有很多。"步升大声回答："真好啊！这山姜与姜相似，不过叶子长得多。"

周寿贵用锄头把这株山姜挖出来，山姜的块根比姜小得多。他还挖了十来株山姜，都装在原来放麦饼的袋子里。

他们满载而归。

一抹晚霞，炊烟袅袅，历时一整天，他们从山脚开始，又回归山脚，终于圆满。

新的一天又开始了，步升急急地从溪滩坑向家中赶，到家已是正午了。凤兰见到了山姜很是高兴，下午就杀了一只老母鸡，把山姜、野棕榈洗净，同老母鸡一起煮起来，足足有两个多小时，又慢慢地把鸡肉和汤吃了。没过多少天，她明显感到身体舒服了，有精神了。

步升劝凤兰又吃了一只用山姜、野棕榈煎煮的老母鸡，此后，她的

身体完全康复了,这真是家中的一件大喜事。

不知不觉,两年了。

两周年,两周年的时间,说长不长,说短不短。

一九六九年十月十二日零时三十五分,次女潘丽丽出生了。

不知不觉,又两年了。

两周年,两周年的时间,说长不长,说短不短。

一九七一年十月十八日六时五十五分,第三个女儿潘丽川出生了。

不知不觉,又两年多了。

两年多,两年多的时间,说长不长,说短不短。

一九七四年一月五日的九时二十分,第四个女儿潘小小出生了。

凤兰和步升已经有四个女儿,天天十分忙碌。烧饭是她,洗衣是她,喂奶当然是她,女儿们的头疼脑热是她,有什么事都是她。什么事她都乐意干。她有一个好身体,这样多的事都扛得住。

时间已是一九七六年一月七日。凤兰在正午时肚子痛起来,一阵又一阵,是不是要生了?就把口信带到岩坦娘家。下午三点多,她妈妈手里提着一个大牙杯来了,一进房间就说:"兰,先把鸡吃了吧!"便把大牙杯递给凤兰。山底老母鸡可是上等的补品啊!

鸡肉有股腥甜的味道,凤兰的肠胃抽了一抽。疼痛杀死了所有的味蕾,不为一切佳肴所动,凤兰摇了摇头——她连拒绝的力气也没有。

前一轮的阵痛,排山倒海似的消耗了她的体能,她现在连呼吸也感觉费劲。墙上的挂钟刺啦刺啦地走着,在她的心上划着一道一道的痕,不是疼,只是闹心。

"听话,先喝点鸡汤吧,生小孩当然难。"妈妈先把汤勺送到凤兰嘴

边,哄孩子似的劝她。

凤兰终于勉强喝了几口。

凤兰躺在地铺上,半睁着眼睛看着天花板默不作声,汗水已经把身下的褥子和枕头洇出了一大圈湿痕。天花板上垂挂着一只长腿蜘蛛,滚圆的肚腹在灯光下闪着绿色的荧光。它紧紧地攀在自己吐的丝上一动不动,仿佛在艰难地思索着去路。

它是不是也要生了?凤兰想。

"赤脚医生云兰嫂怎么还没有来?"凤兰问。

凤兰说这话的时候,定定地看着妈妈,眼神像一块干旱了很久龟裂得不成形状的土地,正盯着万里晴空,徒劳地寻找着一朵可以化成雨的云。妈妈的心针扎了一扎似的。她知道,云兰嫂的接生技术是方圆百里闻名的。女儿第二、第三、第四胎都是云兰嫂接生的,都平平安安、顺顺利利,只要云兰嫂在,心中就定定的。可是,今天云兰嫂不在家,去温州培训去了,已出门五六天了,还没有回来。

妈妈就是凤兰的指望啊,她就是劈山填海也得给她变出那朵云来。

"云兰嫂不来,你也得生,你体力好,你一定行。"

凤兰没有说话。妈妈的手紧紧地捏住了凤兰的手。凤兰的手也紧紧回捏住妈妈的手。这个从小不怎么跟她亲近的女儿,非得到这一刻,才知道世上最靠得住的肩膀,原来还是妈妈的。一股巨大的感动如洪水袭过妈妈的身体,妈妈觉得有些晕眩。

又一轮阵痛凶猛地来袭,凤兰松开了妈妈的手,却抓住了身边的桌子腿,不知道凤兰抓得有多紧,她的关节骨头在她的肌肤底下显出清晰惨白的纹理,仿佛随时要破皮而出。她的额头渗出一颗一颗豆大的汗

珠。妈妈觉得那汗珠也有了颜色——是隐隐约约的粉红。

"忍不了,你就喊,喊出来好受一些。"妈妈对凤兰说。

可是凤兰没有喊,她只是把牙齿咬得更紧。她的嘴唇上有点脏,妈妈用指头一抹,是湿黏的——凤兰的下唇被咬破了。

她的血里流着我的血啊,我的闺女,身上到底有我的秉性,她真能忍。妈妈在想。

妈妈捞了一把热毛巾,给凤兰揩着脸上和头颈上的汗。

"菩萨,你让我替她受一回过吧,我实在看不下去她的疼了。"妈妈喃喃地说。

听见这座屋的鸡公喔地喊出了第一声,一只领了头,便有一群跟班的喔喔地叫着,紧接着便可听到远处的公鸡叫声。灰白的曙色出现了,天快亮了。凤兰已进入半昏迷状态,妈妈把女儿搂在怀里,只觉得女儿的力气像沙漏一样从自己手里一丝一丝地流走,却欲哭无泪。妈妈的嘴唇一直在不停地翕动着,是在向菩萨祈祷。她已经这样祈祷了很久。

妈妈放下凤兰,双手合十,在墙角跪了下来。

妈妈还没有起身,就听见了敲门声。先是一下,很轻。接着是一个小小的停顿,然后又是一下,依然很轻。再过一下,门开了,是云兰嫂走进来了。

云兰嫂气喘着,在这样寒冷的天气里,她额头上都是汗,她是跑过来的。妈妈对云兰嫂说,快,她要是再不生,怕是没力气了。

云兰嫂急急地蹲下身子来,给凤兰做检查。凤兰含含混混地哼了一声,却睁不开眼睛。

"胎位是正的,可能胎儿太大,生不下来。"云兰嫂说。

"那怎么办呢?"妈妈焦急地问。

云兰嫂舀了一茶杯凉水,往凤兰脸上一浇,凤兰一下子惊醒了,倏地睁大了眼睛。

"快醒利落了,云兰嫂的接生技术你是知道的。"妈妈拍打着凤兰的脸颊说。

云兰嫂想制止妈妈,可是已经来不及了。她看见凤兰灰烬一样的眸子里,噌地蹿出了一颗火星。

云兰嫂吸了一口气,捏住了凤兰的手。

"今天你生不生得下来这个孩子,光靠我还不行。有一半得靠你自己——你得配合我,听我的指令。"

凤兰点了点头。

云兰嫂让凤兰妈帮衬着,把地铺挪了个位置,正对着桌子。又要了两根绳子,把凤兰的脚分开捆在两只桌腿上。

"要是疼,你就咬,多紧都行,只是不能动。"云兰嫂找了一块干净的毛巾塞进凤兰的嘴里。接着把碘酒瓶打开,用碘酒把自己的双手消了毒。云兰嫂示意凤兰妈在凤兰的身后坐下,让凤兰半躺半靠在凤兰妈的怀里,并吩咐凤兰妈:"现在你是她的墙,她动,你不能动,一定要撑住。"

云兰嫂把开水煮过的剪刀和纱布摆在地铺上,蹲下身去。凤兰妈看见她的手颤抖着,瓶子中的碘酒在褥子上洒下几片红色的花瓣。

"凤兰,别怕,有菩萨看着。"凤兰妈大声喊道。

云兰嫂知道这话是说给她听的。她憋了一口气,定定神,猛地剪了下去。

凤兰呜地喊了一声。说喊实在是一种夸张，其实那至多只能算是哼——凤兰嘴里的毛巾堵住了她的声音。

云兰嫂把耳朵关了，什么也不去听。她就着同一口呼吸又下了一剪子——这次在另一侧。

接下来的过程快得超出想象。孩子在肚子里憋了一个晚上，到这时已经完完全全失去了耐心。从露头到露脚，总共没超过十分钟。这时刚好是一九七六年正月初八的八点五十五分。

一阵尖锐的哭声锥子似的在房顶钻了个洞，墙颤颤地抖着，楼板唰唰地往下掉着灰土。

"男孩，起码有九斤。"云兰嫂掂了掂。

这时，凤兰的脸上露出了笑容。

凤兰妈趁着云兰嫂包脐带的工夫，已经飞快地把孩子的上上下下扫了一遍：是个男孩，身上皮肉丰满，嘴唇、鼻子、耳朵、眼睛，十根手指，十根脚趾，样样齐全。

凤兰妈把孩子和大人都擦洗干净了……

凤兰已经有四女一子，家中一个人干活儿真是忙不过来。大女儿丽芬已十一岁了，课后就把一兜的衣服很吃力地拿到溪坑中洗净再拿回去。二女儿丽丽也八岁了，帮着照看弟弟妹妹。三女儿丽川六岁了，很是懂事，在家中走来走去，从来不哭闹。

一九七六年，丈夫在溪口中学任教。白天在学校里，夜里是回家的。

凤兰虽然忙，但因为身体好，心情愉快，生活也是有滋有味的。之后又于一九七七年十一月十八日二十时三十分产下小女儿玮平。

五女一子加上凤兰夫妻俩共八个人，生活确实是辛苦了一点，但是凤兰还是苦中有乐，心中是高兴的。

儿子玮洲三岁了，不幸的是他患了小儿麻痹症。这一年，岩坦全区共有三十六个小儿麻痹症患者，大多数都成了残疾人，要依靠拐杖才能走路。

周成国是步升初中和高中时的同班同学。多年来形影不离，感情深厚。成国考入浙江医科大学后，他父亲去世，家庭经济十分困难。成国多次写信给步升，要求寄一些钱给他，步升每次收到信后都六七元或八九元地寄给他，没有缺少一次。步升当时任民办教师的月工资是二十三元。步升是尽心帮助朋友的。

一九七八年，成国任文成县医院的院长。他对玮洲很是关心，在药物十分紧缺的情况下，差不多每个月都邮寄来治疗小儿麻痹症的药物。治疗小儿麻痹症的药物，有时玮洲用不完，步升就把多余的药物送给同学周志松，因为他的儿子也患了小儿麻痹症。

对玮洲的护理十分到位，主要是外婆的功劳，外婆这样的付出真是少有的。她二十四小时都在玮洲的身边，把玮洲的患处推拿着，按摩着，轻敲着。经过四五个月的治疗，玮洲的病脚回复了正常。

全区三十六个小儿麻痹症患者中，玮洲恢复得最好。他读了小学、中学、大学。

一九七九年上学期，因岩坦中学缺少理化教师，步升调入岩坦中学教物理、化学两门课。这时，他已是公办学校教师。

岩坦中学的校长谢立新，是步升的初中同学，很关心教师。看到步升家庭困难，便同意凤兰在岩坦中学近校门口的一间屋里开小卖部。

凤兰开了小卖部，虽然忙一些，但是有些收入，这大大缓解了家庭的经济困难。

伟大的母亲

　　凤兰生养了六个子女,当子女都长大上学后,在 1988 年她四十四岁时,毅然离开家乡,去桥头打工。她在中国改革开放后又奋斗了十五年,夜以继日地干,日日夜夜地干,一直干到 2002 年。真是干得太多了,休息时间太少了。即使铁打的身体也难以坚持啊!

　　影响凤兰身体健康的还有一个特别的因素,就是印刷和制版的原料有毒性。

　　凤兰患有高血压和冠心病,在 1995 年 5 月就已确诊,每天吃着降压药和治疗冠心病的药。因为印刷业务多,她坚持着日夜苦干。1996 年 11 月凤兰发生脑中风,不能行走,右侧手脚严重不灵活,经四个月的医治和康复锻炼,她的身体基本康复了,旁人看她与正常人无异,会吃会干。1998 年 8 月,凤兰又患了一次脑中风,这次轻一些,很快就康复了。2001 年 9 月,她经永嘉县人民医院检查确诊患有糖尿病。这样,她患有了高血压、冠心病和糖尿病等多种疾病。三餐前都要服药,早餐前服 7 种药,中餐前服 3 种药,晚餐前服 6 种药,每天服的药真是多。临睡前,步升都会用针刺她颈肩部数十针,并且挤出一些瘀血,她才能入睡。

　　步升在 2002 年退休了,就去山上开荒种菜。步升去山上时,都会用自行车带上凤兰。步升在山上开了很多的地，种了很多的菜。头几年，凤兰都帮助丈夫一起干活儿，后几年她身体弱了，丈夫叫她休息，能一起来山上就很不错了，这对她的身体大有好处。丈夫在山上种菜达七八年之久，直到荒山改造为公园了才不得不结束。当时政府赔偿开山种菜的损失费达八千八百多元，从这里可看出开山的面积很大。

凤兰的子女对她的身体很是关心。因为身体的原因，她比常人怕冷。丽川、丽丽几个女儿去温州买来厚呢大衣、厚棉毛裤给她穿。几乎每个星期天，都有子女开车把她带上，一起到乌牛的后山岭脚，再叫她慢慢走那条石砌的山路，走到半山也可以，走到山顶就最好了。这样的锻炼，她坚持了三年多的时间。

凤兰虽然有多种疾病，但在服了药后，有丈夫的护理和她自己的锻炼，身体应该说是可以的。凤兰在街上行走自如、面带笑容，手上还提着从商店、菜场买回来的东西，一点都看不出她有病。

2012年，凤兰的身体更加虚弱了，每天晚饭后用针挑颈肩部一次已不够了，早上还要增加一次，身体才舒服。

这一年，老家同一座屋的几户人家要翻建房屋，把木结构的老屋拆了，在原来的屋基上建造新房。玉强、志武、光东几个堂兄弟已动工，有的已拆去了旧房。消息传来后，步升对凤兰说："你身体这么弱，应该去医院治疗，我一人去翻建房屋吧！"凤兰听后坚决不同意，不顾自己的身体，一定要一起去。

祖屋是整座大屋的西面横轩边间，有一间半加一间佑廊。横轩的屋长度比正屋短得多，不足10米。凤兰出主意，花六万多元买了别人的田地。这样一来，祖屋翻建后变成两间半新房，屋前后长度变成13

米，还有前 1 米后 1 米的阶沿坎为路道。两间半新屋后的西面建起单层几十平方米的小屋，还有空坦，房屋的面积增加了很多。原来老屋是二层楼房，这次经批准后建成四层楼房。

2012 年 11 月 18 日，新房建好了，凤兰的身体总算坚持住了。凤兰和丈夫回到上塘，住进了新家。

时间一天又一天过去，2013 年 4 月 13 日，凤兰和丈夫两人一起看电视，凤兰把电视声音关得很小，对丈夫说："我们家的子女多，以前的生活确实太困难了，辛辛苦苦把他们拉扯大，现在都成家立业了。靠我们的奋斗，在上塘有三套商品房，老屋又翻建成新房，我们的生活又这样幸福，真是很不容易啊！回顾一下自己的过去，上孝敬父母，下关爱子女，觉得虽然都是应该做的平凡的事，但是十分有意义。"大女儿丽芬当时在场，凤兰当着丈夫的面对丽芬说："我身体不如你爸爸，一定先你爸爸而去。我有你爸爸在，我一生是幸福的。但是我先去以后，你爸爸的生活一定比我差，你要对弟弟妹妹说，以后对爸爸要更加关爱。"说完，她眼睛也湿润了。

凤兰的爸爸一生开印染店，赚了一些钱。到六十多岁时，凤兰爸爸生了一场大病。凤兰知道了以后，多次请爸爸来上塘家中住，并且叫丈夫给了爸爸两千元零用钱。多年后，爸爸的钱用不完，硬要拿回来六百元。

大女儿丽芬出生在一九六六年，身体差一些。凤兰怕丽芬出嫁后生活有困难，特地给丽芬买了一台裁缝机。

1992 年，二女儿丽丽从瑞安市技工学校毕业，她学的是医疗器械专业。根据所学的专业她应该分配到医院工作。若分配到乡镇医院，医院没有多少医疗器械,另外父母在上塘不方便,所以分配到县人民医院是最理想的。凤兰对丽丽分配工作的事特别关心和重视。后来丽丽被分配到县人民医院工作。

1994年,三女儿丽川从浙江水产学院毕业。后来,丽川被分配到花坦乡政府工作。

1994年,小女儿玮平初中毕业了,这一年,计算机方面人才紧缺,各单位急需计算机方面人才。玮平的学习成绩优异,被温州市技工学校录取,学的是计算机专业。

满山的杜鹃花开了又谢,谢了又开,时间就在开谢之间过去了三个年头。1997年玮平从温州技工学校毕业了。

三年前,各单位急需计算机人才,三年过去了,大专或大学本科学历的计算机人才已大有人在,玮平还是中专学历,她的工作问题真是个大难题。

玮平做过临时工,也做过短工。后来,经过努力,最后被银行招聘,工作终于有了着落。

2006年,温州市公开招聘领导干部,作为花坦乡副乡长的三女儿丽川顺利通过考试,被任命为县科技中心主任。

儿子潘玮洲,1995年考入浙江农技师专,1997年毕业,被分配到永嘉县职业中学工作。